HAN XIANG
LONG TUTENG 1

2018年度中国

汉乡

龙图腾1

子与2 著

时代出版传媒股份有限公司
安徽文艺出版社

图书在版编目（CIP）数据

汉乡.龙图腾.1/子与2著.—合肥：安徽文艺出版社,2019.9
ISBN 978-7-5396-6658-7

Ⅰ.①汉… Ⅱ.①子… Ⅲ.①长篇历史小说－中国－当代 Ⅳ.①I247.5

中国版本图书馆CIP数据核字(2019)第073494号

出 版 人：	段晓静				
策　　划：	朱寒冬	段晓静	统　　筹：	张妍妍	宋晓津
责任编辑：	宋晓津	花景珏	装帧设计：	田星宇	张诚鑫

出版发行：时代出版传媒股份有限公司　www.press-mart.com
　　　　　安徽文艺出版社　　　www.awpub.com
地　　址：合肥市翡翠路1118号　　邮政编码：230071
营 销 部：(0551)63533889
印　　制：安徽新华印刷股份有限公司　(0551)65859551

开本：700×1000　1/16　印张：14　字数：250千字
版次：2019年9月第1版　2019年9月第1次印刷
定价：39.80元

(如发现印装质量问题，影响阅读，请与出版社联系调换)
版权所有，侵权必究

目　录

楔　子　预言 / 001
第一章　被烧焦了 / 004
第二章　虎外婆 / 008
第三章　始皇帝的太宰 / 013
第四章　大人为上，礼为尊 / 018
第五章　破茧 / 023
第六章　穿衣为礼？ / 028
第七章　生死，小事耳 / 033
第八章　努力成为一个贱人 / 038
第九章　徐夫人的手艺 / 043
第一〇章　反汉复秦 / 048
第一一章　《太宰录》/ 054
第一二章　做一个博学的人 / 059
第一三章　大王派我去巡山 / 064
第一四章　羽林郎 / 069
第一五章　人俑的骨架 / 074
第一六章　活人的尊严 / 079
第一七章　钓到一个督邮 / 084

第一八章　飞扬跋扈霍去病 / 089

第一九章　打闷棍 / 094

第二〇章　古人诚，不能欺 / 099

第二一章　卫青？卫青！/ 104

第二二章　大丈夫当如是 / 109

第二三章　七仙女？/ 114

第二四章　求不得是一种痛苦 / 119

第二五章　新发现 / 124

第二六章　冤家路窄 / 129

第二七章　阴阳家 / 134

第二八章　考核 / 140

第二九章　封建社会中的商业行为 / 146

第三〇章　云家的祖宗是贪官 / 151

第三一章　饕餮的子孙还是饕餮 / 156

第三二章　卓姬夺肉 / 162

第三三章　影响世界两千年的美女 / 168

第三四章　崩溃 / 173

第三五章　眼光决定未来 / 179

第三六章　为奴五十年 / 184

第三七章　失败的奴隶解放行动 / 190

第三八章　少年人论匈奴 / 195

第三九章　严谨的科学发展观 / 201

第四〇章　不容拒绝的女魔头 / 206

第四一章　不能跟古人比 / 211

第四二章　万事就怕认真 / 216

楔子

> 除了没用的肉体自杀和精神逃避，第三种自杀的态度是坚持奋斗，对抗人生的荒谬。
>
> ——加缪

云琅非常认同这句话。

门开了，高跟皮鞋特有的咔嗒声蕴含着怒气。云琅微微叹口气，恋恋不舍地放下手里的《史记》，从对历史的幻想中清醒过来，换上一张灿烂的笑脸去迎接回家的女王。云琅现在的生活过得不错，没有什么想要反抗的地方。因为他是孤儿，自从云婆婆长眠之后，他的亲人就只剩下一起生活了两年的女友了。只是，女朋友对他的满意度越来越低，认为他除了满世界乱跑之外，剩下的时间就是看书、修破飞机。这在两人恋爱之初是优点，然而，到了现在准备成家立业的时候，全部变成了缺点，毕竟生活中什么都要用钱说话。昨日就因为云琅宁愿看书也不去参加上司举办的升迁宴，两人弄得不欢而散。云琅没办法让她明白,一个修飞机的工程师,是靠手艺吃饭,不是交际,再说,他讨厌那个有点变态的领导。假如不是云琅做的一手饭菜实在是令人难以割舍,女朋友早就跑了。

　　能透过迷雾一眼看到事物的本质是云琅为数不多的优点之一。很小的时候在孤儿院里,云琅就是最乖的一个孩子,听话、聪明、干净、自律、上进,总之,所有别人家孩子所能具有的美德在他身上都能找到。只是,当孤儿院里的孩子陆陆续续地被一些和善的人领走之后,那里就只剩下云琅跟一些智力有残疾的伙伴。在那里,一脸微笑好像从来都没有什么忧虑心思的云琅就如同阳光底下最茁壮的那株向日葵,出挑得如同天使的孩子。有时候,云琅总是想,是不是那个慈祥的云婆婆刻意做了什么手脚,不许别人领养他。这个念头才生出来,他就有一种强烈的罪恶感,云婆婆几乎是在用生命来爱护他……

　　云婆婆在一个雷雨交加的夜晚逝去了,她走的时候没有什么遗憾,只是一遍遍地用枯槁的手抚摸云琅的面庞,舍不得离开。她一遍一遍地告诉云琅:"你是神的孩子,你是注定要做一番大事的。你是神的孩子,你的将来注定不会平凡,我看见你的时候,你身上有光……"这个可怜的一生都没有出嫁的老妇人在无限的期望中离开了人世,被云琅亲手埋进了黑暗而潮湿的泥土中。她信奉了一辈子的上帝,没有把她的身体跟灵魂一起带去天堂,而是任由躯体腐烂在泥土里。云婆婆一辈子干得最多的事情,就是喋喋不休地告诉云琅他将有一个伟大的未来。在大部分的英雄故事中,在英雄的懵懂期总有一个光辉的引导者。这个引导者一般负责将英雄领到他将要走的崎岖小路上,然后就死去……这已经是很老的套路了。

　　云琅是一个很听话的孩子,从小到大一向如此。既然云婆婆已经做了这么多,加上女朋友的脸色越来越难看,估计分手已经被她提上了日程,且会在三天之内发生,他觉得该到反抗自己沉闷、无聊、痛苦的生活的时候了。于是,他向自己年轻的上司请了年假,二十天的时间足够他去做点什么了。时间再长，就会丢掉工作，再找工作毕竟很麻烦。

在女友"你不用再回来了"这种殷切的"嘱咐"声中，云琅离开了，去找属于他自己的伟大未来。"你是神的孩子，你的将来注定不会平凡，我看见你的时候，你身上有光……"云婆婆慈祥的脸似乎就映在高大的玻璃幕墙上。云琅笑了，这又是英雄道路的庸俗开端。

上帝用了七天创造了世界，女娲创造世界上的活生灵也用了七天。上帝用七天创造了世界，却把制造人类的任务交给了亚当与夏娃。女娲就不同了，世界是盘古创造的，她不管，让世界自由地生长。她只是专心地造人，用手捏出来的注定是贵族，用藤条甩出来的注定是平民。云琅很坚定地认为，既然创造世界只需要七天，自己想要寻找"伟大"，二十天应该绰绰有余。

既然想到了人类的起源，云琅自然要去拜谒一下人祖女娲。骊山的后山上就有一座人种庙。避开大道，秋日苍凉的山脊上，蜿蜒着一条灰黑的路，有的路段劈山开取，有的路段顺势而上，犹如蟒蛇爬行，弯弯曲曲，渐升渐高。山上就是伏羲、女娲的神像和庙宇。

第一章 被烧焦了

云琅躺在草丛里,想了整整一天一夜,还是没有想通他为什么会没有死。如果伟大就是被旱雷烧焦,他宁愿不要这样的伟大。的确,他现在就是一副死人模样,全身焦黑,只是不知道为什么,眼睛没事。如果要他用一个词来形容他现在的模样,他觉得"烤猪"这个词很合适,还是一头没有烤透的猪。这不符合常理。他觉得自己更像是一个被包裹在蚕茧里的蚕,而不像是一个被烤熟的人。这种感觉很奇妙,身体依旧很痛,却不是那种让人发疯的灼伤痛,更像是新的生命在经历最初的生长痛。

蝴蝶就是这么从茧子里出生的?

被旱雷击中是这种感觉?

在这一天一夜中,总共有四只狼、一只豹子、一头狗熊、一群野猪来看望过他。其中一头野猪还调皮地将他的身体拱了一下,让他得以由趴着变成仰面朝天。云琅觉得自己就是一个悲剧,明明已经烤得很香了,那些野兽邻居却不愿意吃他一口,好早点结束他悲惨的命运。天空湛蓝,柔柔地飘着几朵白云,其中有一朵还特意帮云琅遮住了太阳。松树上的猴子愉快地跳跃着。肥大的猴王从一棵李子树上摘下青青的李子，不断地往云琅身上丢，算是一种休闲的游戏吧。

身子动不了，云琅那颗聪明的脑袋却很快就根据太阳以及植物的状况给自己定了位。穗花杉、青钱柳就长在山脚处，这两种植物很容易辨认，尤其是穗花杉长而光滑的、长着两片白色气孔的叶子就非常明显。至于青钱柳，对云琅来说实在是太熟悉了，云婆婆患有糖尿病，他没少给云婆婆找青钱柳叶子泡茶喝。至于根据太阳的晨昏线来确定纬度，对云琅来说不存在什么难度，即便心算，也能轻易地得出结论。穗花杉与青钱柳都告诉云琅他身在秦岭余脉，而计算出来的大致经纬度告诉他，他此刻就在骊山附近。

这一点他非常确定，唯一让他糊涂的是——穗花杉、青钱柳什么时候多到随意长在这座小山上了？而且，热爱游玩的关中人，连太白山无人区都当作踏青地了，怎么可能会放过这座景色宜人的小山？哪里会有什么狼、豹子、狗熊遍地走的场景？即便关中人憨厚，不懂得探索，那些为了赚钱早就疯狂得恨不能把祖坟都开发出来当景点的商人如何会放过这片世外桃源？一株野三七就生长在云琅的脑袋边上，顶上的一簇小红花开得正艳。这东西有多珍贵，云琅当然明白，大名鼎鼎的血参啊，即便在野三七的产地云南都见不到几株真正的野三七，这里却长着好大一片。

当学问与现实相抵触的时候，具有时限性的学问就变得很可笑。这是一个很大的发现，云琅暗自揣摩。做学问的心思起来了，云琅暂时就不想死了。毕竟霍金都轻松愉快地活着，自己虽然焦了点，若是有大发现，活着也不错，只要有点食物，活过来的问题不是很大。烧焦也有烧焦的好处，那就是温度高，再加上浑身漆黑比较吸热，一条三尺长的菜花蛇试探了几次之后，见云琅一动不动，就把身体懒洋洋地盘在他的脸上，开始晒太阳。很久以后，云琅见到蛇就害怕，尤其是被蛇盘在脖子上的感觉会让他疯狂。好在蛇血为他补充了很多能量，蛇皮和蛇肉又给他补充了一些蛋白质，让他得以熬过又一个难熬的夜晚。希望总在第二天早上，这是云婆婆常说的话，每当云琅失望、灰心的时候云婆婆就这样安慰他。云婆婆的话总是对的，至少被旱雷击中的那一刻他确实在发光。焦炭的余味给了他很多帮助，在昨天晚上，连蚊子都没有光顾他。手脚依旧不能动弹，这让云琅想要弄一点野三七块茎补血的想法落空了。

昨日匆匆离去的狼群又来了，其中有一匹雪白色的母狼，身形高大，肚腹下面的一排乳头又红又胀，看样子，这是一匹带着崽子的母狼。经过昨日的接触，云琅知道这些狼对自己烧焦的肉不感兴趣，这时候，他非常希望母狼能趴到他的脸上，好让他有机会喝两口狼奶。这自然是一种奢望，等了足足一个小时，那匹母狼却没有任何靠近他的意思，反而把身体隐藏在不远处的蒿草丛中。云琅苦笑起来，这些狼的目标是昨日出现的那些野猪，自己充当了人家狩猎的诱饵。

太阳很快就偏西了，那群欢乐的野猪带着满身的泥浆从树林子里钻出来，珍贵的野三七被它们一株株地拱翻，露出地下肥厚的块茎。一头身上满是伤痕且瞎了一只眼睛的野猪只是负责把野三七的块茎翻出来，那群小野猪就跟在父亲屁股后面抢着吃野三七块茎。云琅也很想吃。大野猪似乎感受到了云琅的渴望，一下子就把躺在一株野三七下面的云琅拱到了一边，然后继续给自己的孩子弄吃的。云琅本来想要警告大野猪一下，告诉它这是一个陷阱，可是这一鼻子拱得他全身痛如刀割，他自然就放弃了做好人的意愿。

一道白色的闪电从云琅的眼前掠过，那匹母狼开始进攻了。云琅被从高处拱到低处，翻了几个滚，听到旁边传来凄厉的猪叫声，眼前却被蒿草遮得严严实实，什么都看不见。不断地有狼从他的身上越过，矫健而迅捷，就像是骑兵发起了最凶猛的冲锋。一声惨厉的猪叫声在云琅的耳边响起。只见那头硕大的野猪背上背着一匹狼冲开蒿草，还用獠牙划开了另外一匹狼的腰背，紧接着沉重的蹄子就狠狠地踩在来不及站起来的狼的脖子上，然后凌空转了一个圈，把背上的那匹狼也狠狠地甩了出去。虽然脖子上被撕掉了巴掌大的一块皮肉，它依旧威风凛凛地与那匹白色的母狼对峙着。三头带着白色条纹的小野猪坦克一般从云琅的脸上、身上踩过，紧紧地跟随着它们勇猛的父亲。

　　云琅再一次仰面朝天，他很担心被野猪踩破的地方，因为那里正在往外冒血。就在他的头顶上，那头金钱豹正瞪着绿莹莹的眼睛，如同一个阴谋家一般俯视着树下的战况。云琅竭力避开豹子阴险的眼神，事实上豹子并没有关注他。当母狼与野猪重新厮杀的时候，它悄无声息地跳下了树，尖利的爪子在半空中就已经完全打开。云琅眼睁睁地看着豹子锋利的爪子如同钢针一般刺进了野猪厚实的脊背，正在冲锋的野猪摔倒在地，脖颈才露出来，就被豹子的嘴一口咬住，浓烈的腥味令距离战场两米远的云琅几欲作呕。大野猪没了声息，其余大小野猪立刻星散。白色的母狼仅仅一个纵越，嘴上就多了一头绝望地嘶鸣的小野猪。它回头看了一眼金钱豹，随即迅速地离开了战场。

　　大野猪连最后的咕噜声也吐不出来了，金钱豹依旧死死地咬着它的喉管。直到大野猪再也不动弹了，金钱豹才猛烈地甩动一下脑袋，彻底撕开了野猪的喉管。它的嘴里叼着半截血红色的喉管，阴郁的眼神四处一扫，草丛中的窸窣声立刻变得激烈，两匹灰色的狼迅速远遁。

　　云琅顾不得满身的疼痛，竭力屏住呼吸。昨日他被这些野兽当成了一块烧焦的肉，今天，他希望这些家伙依旧能这样看他。

　　那头野猪很重，比豹子重得多，豹子想把食物拖上大树的举动明显是徒劳的。豹子试了很多次，每次都徒劳无功，看得出来，这家伙非常焦急。云琅自然没有心思去理睬豹子干什么，被野猪踩踏不是没有好处，至少有一棵野三七的根茎被野猪不小心拖过来了，他需要非常努力地移动自己的牙齿和舌头，好把那块根茎小心地移动过来。不论是豹子还是云琅都非常努力，差别就在于云琅的努力非常见成效，那块野三七根茎终于被他移动到了嘴边，他咬了一口："好硬，好苦……"

第二章 虎外婆

一阵山风刮过，金钱豹忽然丢下了野猪的尸体，箭一般蹿上大树，三纵两跃就上了大树的高处。云琅咬在嘴里的野三七块茎自然滑落，他呆滞地看着在他眼前出现的那颗巨大的虎头。他第一次注意到老虎的眼睛是黄色的，或许是这里阳光充足的缘故，两个黑色的瞳孔变成了两条竖着的细线。这双眼睛里看不到任何情绪，只有无尽的淡漠。

费了很大劲才弄到的野三七块茎掉在了耳边，云琅觉得有些可惜。这种情绪非常奇怪，老虎的嘴巴就在脑袋上方，自己却在为一块没吃到嘴里的补血良药感到惋惜。听说老虎嘴边的长须对它非常重要，是它重要的宽窄测量器，现在，这家伙正在肆无忌惮地用胡须在云琅黑漆漆的脸上来回地蹭。莫非这家伙在测量云琅脑袋的大小，看看是否能一口吞下？

"人？活的？"声音很难听，如同在拿勺子刮锅底。老虎的脑袋被粗暴地踹到一边，一个看上去像老妇人的皱巴巴的脸出现在云琅的头顶。云琅瞅瞅卧在一边的老虎，再看看那张因为没了牙齿而显得没有下巴的皱巴巴的脸，忽然想起小时候云婆婆讲的那个恐怖的故事，眼睛一翻昏了过去。"虎外婆啊——"老虎不可怕，可怕的是虎外婆。老虎不一定吃人，虎外婆一定会，云琅一直是这么认为的。虎外婆的故事云婆婆足足给年幼的云琅讲述了十年，伴随他度过一个又一个不眠之夜。小时候的恐惧在虎外婆出现之后就变成了绝望。

云琅自认身体不轻，虎外婆却很轻易地用一只手就把他抓起来丢到老虎背上。老虎看起来很大，实际上很矮，云琅的两只手垂在地上，两只脚也拖在地上，带起了很多的枯叶。虎外婆朝隐藏在树上的金钱豹诡异地笑了一下，金钱豹就嗷地叫了一声蹿到另外一棵树上，三蹿两蹿之后便消失在密林中。"嘎嘎，跑得快啊！"虎外婆干笑一声，用一只脚挑起地上的那头死野猪。野猪在空中翻了一个身，然后准确地落在老虎背上，与云琅同一个姿势。

直到这个时候云琅才看清楚，虎外婆头上高高的东西根本就不是发髻，而是一顶黑色的纱冠，只是被一条肮脏的带子系在下颌，纱冠很破旧，粗看之下还以为是一只高髻。一件破旧的裘衣松松垮垮地挂在虎外婆身上，他腰里束着一条黑色革带，一块莹白润泽的白玉镶嵌在革带上，即便云琅这种不怎么懂玉的人也能看出这块白玉价值不菲。革带上还悬挂着一柄宝剑，剑鞘是鳄鱼皮制成的，式样古朴，与宝剑特有的剑锷配合得严丝合缝。如果不看那张古怪的脸，这绝对是一身属于人的装饰，虎外婆的影子在日光下也是人的模样。假如一只鸟叫起来像鸭子，看起来像鸭子，走动的样子也像鸭子，那么它就是一只鸭子。同理，这位虎外婆一样的家伙也该是一个人才对。思虑至此，云琅心中的恐惧慢慢地消退。

老虎很听话，走在羊肠小路上时不疾不徐，偶尔咆哮一声，山林里就会慌乱一阵。云琅很想说话，可惜喉咙里像是塞了一块火炭，一丝声音都发不出来。虎外婆对云琅的身体非常好奇，一边叽里咕噜地用极快的语速说着云琅听不明白的话语，一边不断地用手指触碰他焦黑的身体。看样子虎外婆也很纳闷，一个人都快被烧熟了为什么还有一双灵动的眼睛。

　　穿过狭窄的山道，眼前豁然开朗。山下是一望无际的平原，放眼望去一片葱茏，茂密的植被从山顶一直蔓延到山脚下。一条飞瀑挂在山前，巨大水流冲击在坚硬的岩石上，水花四溅，水雾蒸腾，一道七彩的长虹横跨两山，宛如一座美丽的拱桥。

　　沿山路向下沉降，老虎起伏的肩骨给了云琅极大的折磨，这一刻他觉得自己就像是一个被扒了皮的人，风一吹痛不可当。虎外婆在崎岖的山路上行走如飞，云琅亲眼看到他的身体平地拔起一丈来高，探手就摘到了一棵树上的野梨子。不等云琅赞叹，虎外婆就抬起云琅的脑袋，五指稍微一用力，那颗梨子就四分五裂，最后在他的掌中变成了一摊梨浆。榨出来的梨汁滴进云琅焦黑的嘴唇，刚才还为生死担忧的云琅立刻贪婪地吸吮梨子水，这汁水是他从未品尝过的甘甜。

　　直到天黑老虎一直在走路，云琅也不知道昏死过去多少次了，等他再一次醒来的时候，弯月如钩，冷冷清清地挂在天上。前面是一座高大的土山。土山上黑漆漆的，好像长着树，不过树木都不是很高大，至少在朦胧的月光下，云琅没有看到骊山上古木参天的模样。虎外婆面朝土山跪拜，喑哑的哭声在夜色中显得极为凄惨。也不知道虎外婆哭了多久，云琅趴在老虎的背上很暖和，他非常希望这家伙能多表露一点人性，好加深他对自己判断的信任度。事实上云琅觉得那座山包很眼熟，月光下看不清楚全貌，只好把疑惑压在心底。虎外婆哭了很久，云琅都睡一觉了，他依旧在哭泣。

　　等到启明星出现在天边的时候，虎外婆才直起腰身，冲着老虎低声咆哮一下，然后继续赶路。老虎就不适合骑乘，颠簸得厉害，尤其是它起伏不定的腿骨，不断地摩擦着云琅脆弱的身体，明明马更好一些，云琅不明白像虎外婆这样的高手为什么会选择骑老虎。身边的野猪经过一天半的折腾已经有腐味了，很多时候云琅都在想，在虎外婆的眼中，自己是否跟野猪一样，都是他跟老虎的食物。对于眼前的一切，云琅早就麻木了，自从发现自己快被旱雷烧熟了依旧没有死之后，眼前就算出现再诡异的事情，他也不觉得有什么不能接受的。

一道山崖突兀地出现在山道上，老虎一个纵越上了岩石，然后就沿着一条石道走进了一个黑暗的山洞里。老虎抖动一下身体，云琅掉下虎背，他能感觉到野猪如同钢针一般的鬃毛已经刺进了他的肉里。虎外婆用两块石头不断地敲击着，火花四溅，火光转瞬即逝。他的神情非常安详，面容却丑陋至极。一簇小小的火光在虎外婆的手心亮起，他小心地鼓气吹着，很快，一小簇火光最终变成了一个火光熊熊的火塘。

云琅侧身躺在火塘边上，眼看着老虎在撕扯那头野猪的尸体，他还是选择闭上了眼睛。老虎吃东西的模样绝对谈不上赏心悦目。虎外婆用宝剑砍下一条猪腿，宝剑非常锋利。猪腿掉在地上，他很随意地捡起来放在火上烧烤。一张不知道是什么野兽的皮子被虎外婆丢在云琅的身上，云琅不由得睁开眼睛看了他一眼。猪腿里的油脂被火焰给逼了出来，掉在火塘里，不时闪亮出一朵火花。山洞里充满了烧猪毛的味道，即便云琅身上的味道也好闻不到哪里去，他依旧烦恶欲呕。

虎外婆烤猪腿的时间比云琅想象的要少，应该没有烤熟。虎外婆吃东西很不讲究，跟老虎差不多，只是一个用牙齿撕咬，一个用宝剑切削，吃东西的速度倒是一样地快。云琅的嘴被虎外婆粗暴地捏开，一大团带着说不上来的味道的白色油脂被塞进了他嘴里。油脂入口即化，这应该是这条猪腿上最精华的部位。

吃饱了的老虎卧在火塘边上，发出老猫酣睡一般的呼噜声。虎外婆也靠在山洞的石壁上，不断地打着盹。而云琅早就被虎外婆丢在墙边的柴火堆上。此时天光已经大亮，借助朝阳漏进山洞里的光，云琅重新打量了一遍这个山洞。经过昨晚的煎熬，他已经非常确定，虎外婆跟老虎都没有吃掉他的打算。如果幸运，他就能在这个山洞里度过一段非常难以忘怀的时光。

011

山洞里其实很整齐，方方正正的。石壁上满是凿子开凿的痕迹，即便已经被烟火熏得看不清本来面目，也依旧能看清楚这里的每一处陈设。石桌、石凳、石床一样不缺，石壁上的凹槽里面甚至还有一盏油灯。油灯的造型朴拙，甚至可以说是精美，仙鹤模样的造型大巧不工，看似简单的几处点缀，却把一个活灵活现的仙鹤展现无余。云琅想从这里找到自己熟悉的东西，很可惜，他一样都没有找到，哪怕是挂在墙壁上的蓑衣，也与他所知道的蓑衣模样大不相同。

直到中午阳光最强烈的时候，虎外婆才慢慢地站起来。他就着一个装满水的石槽认真地洗了脸，然后重新戴好他的乌纱冠，束好玉革带，挎上那柄宝剑，给云琅灌了很多水之后就带着老虎出发了。云琅甚至觉得这一过程有些肃穆。怎么说呢？就像是一个大将军正在做厮杀前的最后准备。

第三章
始皇帝的太宰

虎外婆走在那一束阳光里，云琅第一次看清楚了他的脸。如果忽视他干瘪的嘴巴，他的天庭还是很饱满的，一双细细的丹凤眼其实也很耐看，当然，如果不是显得很阴鸷的话，那将是一双漂亮的眼睛。老虎的背上驮着一张粗大的木弓，以及一只装满羽箭的箭囊。他感受到了云琅的目光，就转过头用一种古怪的语音道："别死，死了就成虎粮了。"说完就跟着老虎走出了石屋。

云琅陷入了沉思。他也算是走南闯北过来的人，不论是苗族、傣族汉语，还是蒙古族人拖着长音的汉语他都听过，却从未听过虎外婆说话的这种腔调。更何况，这家伙总共就说了两句话，两句话都不是云琅直接感受到的意思，而是经过云琅自己翻译之后得来的消息。或者说，这家伙还是一个说古话的人。

云琅知道，一个人所处的时代越是接近现代，他的语言就与现代越接近，听起来阻碍也越少。云琅之所以肯定虎外婆说的是古语，纯粹是因为他看到了一堆竹简。昨夜屋子里一片漆黑，竹简胡乱地堆在墙角，他还以为是柴火。而他身体下面的竹简更多，最上面还铺着一层厚厚的写满字的木牍，可以说他是躺在学问上面的。这个发现让云琅哭笑不得,这是什么地方?怎么可能落后,或者说原始到这个地步?只有蔡伦之前的人才大量使用竹简、木牍啊!

被火烧焦的外皮如同铠甲一般正在变硬,这让他想要伸展一下胳膊都成了妄想。好在脖子似乎有了很大的活动余地,于是,他的脑袋可以微微地向左转或者向右转,视野比昨日要宽阔许多。

竹简上的字体云琅认识,是大名鼎鼎的小篆,这非常符合木牍的身份。至于内容,那些如同花纹一般的字迹实在是太陌生,云琅瞅了半天,看到的竹简上就没有一个他认识的字。倒是上面一层新木牍上的字迹他大概能认出一些来。"五月初五重五日,星在天南,帝冢无恙。"这竟然是一片新写的简牍。这让云琅紧张起来了,因为他忽然发现,自己引以为傲的学识在这里似乎没有半分优势。这些竹简都不是很旧,其中还有一些堪称簇新,这说明这里的人还是在大量地使用竹简木牍。随着石屋里的光线越来越充足,云琅用一个考古者的眼光巡视完毕了整座石屋。每看到一样东西,他的心就下沉一分。直到发现一座只可能出现在博物馆中的青铜罍被随意地丢在门口,他便开始有些绝望了。

> 初极狭,才通人。复行数十步,豁然开朗。土地平旷,屋舍俨然,有良田美池桑竹之属。阡陌交通,鸡犬相闻。其中往来种作,男女衣着,悉如外人。黄发垂髫,并怡然自乐。见渔人,乃大惊,问所从来。具答之。便要还家,设酒杀鸡作食。村中闻有此人,咸来问讯。自云先世避秦时乱,率妻子邑人来此绝境,不复出焉,遂与外人间隔。问今是何世,乃不知有汉,无论魏晋……

云琅嘴里念念有词,虽然喉咙里并无声音发出,但并不妨碍他在心里表达自己最后的希望。

相传，虎乃是山神爷的巡山兽。现在，因为虎外婆表达出来冰冷的善意，云琅更喜欢把他称作山神，而不是邪恶的虎外婆。傍晚的时候，山神带着老虎回来了，这一次老虎的背上不仅仅驮着一只鹿，身体两边还挂着两大串水果。那只鹿竟然是活的，只是被老虎给吓傻了，被山神爷爷从虎背上卸下来的时候，竟然被吓得腿软，卧在地上呦呦地叫唤，却不敢起身逃遁。看到云琅在贪婪地喝鹿奶，山神爷爷那张没有男女特征的脸上终于有了一丝笑意。

山神爷爷的声音很难听，类似被人捏着嗓子说话。如果他能说得慢一些，云琅或许还能听明白，可惜他说得太快了，以至于云琅什么都不明白。"匈奴人？"山神爷爷似乎也觉察到了这个问题，他特意放慢了语速，一字一句地问道。云琅看到了山神爷爷握在剑柄上并且逐渐用力的手，连忙艰难地摇摇头。"庶人？"见山神爷爷眼中明显的不屑之色，云琅再次摇头，他可不愿意充当一个社会最底层的角色。"良家子？"云琅很诧异，良家子是可以当兵的，汉将军李广跟汉家国贼董卓都是良家子出身。良家子之上就是官员跟贵族了，难道说这里还分贵贱不成？山神爷爷见云琅表示肯定，似乎松了一口气，手底下也越发地温柔起来，不像先前那样粗暴。一碗鹿奶让云琅确认自己不再是老虎的口粮了，这让他非常欣慰。人的一生中有很多的坎要过，往往，眼前的坎是最重要的。

来到石屋第十天，云琅干涩的嗓子已经能发出一些简单的声音，虽然很嘶哑，却让他非常高兴，由虎外婆升级到了山神爷爷的那个家伙，也似乎非常兴奋。最让云琅开心的不是嗓子在恢复中，而是他身上的烤肉味道逐渐散去了。老虎总是有事没事往他跟前凑，用它那大鼻子嗅烤肉味的举动给了他非常大的压力。身体痒得厉害，烧焦的外壳里的水分正在逐渐蒸发，渐渐地失去了弹性，变得硬邦邦的。云琅能感觉到身体正在跟外壳脱离，皮肤痒得厉害。这是一个很好的现象，说明他的身体正在恢复。

石屋子外面有一个用树藤编织的笼子，笼子距离地面很高，挂在两棵巨大的松树上，松树斜斜地向外延伸，下面就是一道深涧，一条不算大的溪流从山涧里奔腾而过。云琅现在每天大部分时间都是在这个带着顶棚的箕子里度过的，这让云琅觉得无比轻松，在这里他可以自由地完成身体所需的所有消化排泄过程，而不至于劳动山神爷爷。喜欢跟人说话的山神爷爷先是一字一句地教云琅说话，虽然云琅嘴里发出的声音还没有任何意义，他依旧乐此不疲。很快，云琅就知道了山神爷爷的身份，这是他一直引以为傲并且愿意让云琅知道的。山神爷爷是始皇帝的太宰。这个官职很高，在周朝的时候太宰执掌着治典、教典、礼典、政典、刑典、事典六部典籍，堪比宰相。只是到了始皇帝之后，太宰就变成了家臣，专门负责始皇帝的衣食住行，这是无上的荣耀。到他这一代已经是第四代了，因为每一代都是太宰，所以他的名字也就叫作太宰。

这明显不符合云琅对桃花源的向往。桃花源仅仅是隐秘、偏僻而已，而始皇帝往后数一个家族的四代，也不过西汉中期而已。云琅总觉得是自己的耳误，或者是太宰爷爷没说清楚，应该是四十代吧？即便四十代，一代也应该是五十几年才合适。这是一个简单的算术题，且很好计算。

不过，很快他就把这个疑惑丢到脑后去了——他的一只胳膊掉了。准确地说是他右胳膊外面的焦壳子烂掉了。嘴边的梨子掉了，他习惯性地探手去捞，结果粗糙的箕子挂住了胳膊上的一块硬皮，在他突然用力之后，那块硬皮就像一只长手套一般从胳膊上被扯掉了，一条白皙得耀眼的小手臂出现在云琅的面前……云琅仔细看了看那条手臂，来回活动两下，就叹口气继续做捏拳动作。这条手臂单看是一条毫无瑕疵的美人臂，皮肤像是透明的，青色的血管在薄薄的皮肤下搏动，暴露在天光下仅仅片刻，就由白色转变成了粉红色。只是它太小了，比起他以前的手臂小了足足一圈。虽然手臂依旧只能虚弱无力地活动，云琅却不能要求得再多了。从一团焦炭变成人的模样，已经是质的飞跃了。就算最后四肢变得大小不一，他也认了，大不了跟着太宰爷爷在这个深山老林里过一辈子。

太宰爷爷回来之后看到这条手臂，笑得眼睛都看不见了，一脚就把同样探脑袋过来看的老虎踹到一边，吓得那只只要老虎在就不敢离开云琅两步远的梅花鹿一个劲地往云琅的身边凑。太宰爷爷捧着云琅的那条手臂竟然流下口水来了，这让云琅非常担心。他自己看着这条手臂都有食欲，更不要讲太宰爷爷这种常年吃半生不熟肉食的人。太宰不知道想起了什么，掰开云琅的嘴巴，把他肮脏的手指塞了进去，满是老茧的手指在云琅的喉咙里来回搅动，取出来的时候，他的手指上竟然多了一团青灰色的肉皮。

第四章
大人为上，礼为尊

于是，云琅再一次被太宰爷爷搬了出去，嘴巴对着夕阳，张得大大的，一个用细细的金丝编织成的小耙子一次次探进了云琅的喉咙深处。小耙子每次出来的时候，细密的小齿上就会挂着一片肉皮。直到云琅的嘴巴开始流血之后，太宰才放弃了这个莫名其妙的举动，叹口气道："还需自己掉落才好。"

这样的治疗实在是太粗暴、太直接了，云琅根本就来不及反应，更加无力抵抗。看着太宰又把目光盯在自己的身上，云琅连忙快速地摆手，示意太宰不要太莽撞，他自己知道，身体还有很多部位依旧跟这个烧焦的壳子连着。好在太宰看懂了云琅的手势，没有给他做进一步的治疗，如果继续下去，他的性命可能不保。"耶耶的手艺其实不错，看见了没有？这只老虎的腿断了，就是耶耶治好的。"太宰得意地指指老虎，老虎快速地躲到云琅的另一边。看得出来，只要有机会，老虎就不愿意跟太宰在一起。

拥堵的嗓子好多了，只是一层皮被太宰给扒掉了，咽口水都痛。好在云琅这些天总是被疼痛折磨，耐痛的能力得到了很大的提高。为了分散太宰的注意力，驱除太宰想要治疗他的欲望，云琅竭力比画着，希望太宰能带他回到石屋子，相比治疗，他更加喜欢跟着太宰学习太宰说的那种话。

晚餐是野果子跟野兔肉。野兔肉两人都没吃几口，大部分给了老虎。太宰的目光在那只梅花鹿的身上停留了很久，云琅连忙用那只能动的手揽住梅花鹿的脖子。尽管梅花鹿已经没有奶水了，他也不想把这个救命"恩人"烤熟之后装进肚子里。云琅的举动让太宰有些感慨，他把石屋里的火焰拨得明亮一些，尽量用最简单的话继续说自己家族的历史。他似乎对此非常执着，并且希望在最短的时间里把自己家族的历史讲完、讲透，让云琅更快地进入他需要的情境之中。

"王二十九年，被王迁怒而贬去上邽祖地牧马的家祖再一次回到咸阳就任王的家宰。回到咸阳之后家祖发现，家里的财货房屋、奴仆全都被别人侵占了。家父想要夺回，却被家祖给阻拦了。家祖说一点财货无足轻重，只要能回到王的身边，就万事皆足。家祖常言：此身属于王，在上邽地养马是为王效力，在咸阳任职家宰同样是为王效力，两者没有什么区别。切不可因咸阳繁盛就趾高气扬，也不可因上邽偏僻就垂头丧气，只要做有益于王的事情，就是我辈家臣最大的荣幸。

"六月，王临幸鹿苑，命左右驱逐鹿苑里的梅花鹿，王以弓箭射杀之，一连射杀了两鹿，犹未尽兴。时有妖人卢生进言曰：'今日天光晦明，有阴神过路，需以母鹿未落地之阴胎为血食敬献阴神，将有不可言之奇妙事情发生。'王欣然从之，命家祖驱赶怀孕之母鹿供王射杀。家祖以六月射杀怀胎之母鹿有违祖制不肯从命。王怒，随之以利箭射杀家祖，家祖不避，身中三矢。家祖临终时告诫子孙，不可因此事对王稍有怨愤。王听到家祖临终遗言，命家父继任太宰。

"汝今日感母鹿哺乳之恩而对母鹿多加护佑，颇有家祖遗风。今后当长持此心。"

说实话，太宰讲的这个故事有违云琅的是非观，明知会死依旧直言进谏更是与云琅的为人秉性起了巨大的冲突。他觉得没有什么东西比自己的生命更重要，自从云婆婆过世之后，他连一个想用生命去保护的人都没有了，更别说用生命去纠正别人的错误了。他没心思去考虑这些远不可及的东西，只是担心自己的身体能否康复，如果不能，他准备真正地自杀一次。云琅单手搂着梅花鹿美美地睡了一觉之后，太宰说的那个故事对他来说就真的成了一个故事，而且是一个需要警惕的反面例子。

天亮之后，云琅用一只手吃了昨晚吃剩下的果子。有手可以用的人是幸福的，尤其是当一个人的手失而复得之后，他更是对这个世界充满了感激。云琅再一次被太宰丢上了吊床一样的软筬，同时被丢上来的还有一张厚实的熊皮。他看着太宰带着老虎又离开了石屋，依旧是那副大将军出征的模样。云琅很想知道他每天早出晚归的在干什么，却多了一个心眼从不多问。莫说他现在还说不了话，即便能说，他也不会问的，这个世界上死于多嘴的人多如牛毛。

那只母鹿不知道是被老虎吓傻了，还是有了斯德哥尔摩综合征，竟然留在石屋不走了。云琅在高高的软筬上，它就在软筬底下安心地吃草，即便云琅用折断的树枝丢它，它也只是抖搂一下落在身上的树枝，继续低头吃草。鉴于此，云琅也没有办法，这家伙迟早是进老虎肚子的命。

清晨，山坳里云海蒸腾，朝阳一出，云蒸霞蔚的，瑰丽无常。这样的景致云琅第一次见的时候连眼睛都舍不得眨，一连看了十几天之后，就没有什么兴致了。

人如果闲着就会干出很多莫名其妙的事情来。恰好，云琅有一只宝贵的手可以用，于是，在好奇心的怂恿下，他开始剥身上的焦壳子。首先剥的是脖子，这个部位有一个厚厚的硬壳子让他每一次转动脑袋都经历一场折磨。壳子很硬，剥开一小块之后，就很容易顺着死去肌肉的纹理一条一条地撕下来。他剥得很小心，只要稍微感到疼痛，他就会立刻停手。他只想获得一部分自由，没有自虐的打算。好在这一部分的硬壳子跟新生的肌肉已经脱离了，这个活计他干得得心应手，且有一种莫名其妙的畅快之感。下巴上的硬壳子还没有完全脱离，云琅就放弃了继续剥除的打算。脖子上的新皮肤光洁细腻且没有任何疤痕已经让他欣喜若狂，他转而打另一只胳膊的主意。

剥除左臂上硬壳子的过程就是一个赌徒开骰盅的过程，不但让人激动而且刺激。先是一只完美无缺的小手出现在眼前，云琅特意把两只手放在一起比了一下，谢天谢地，两只手的大小差不多，虽然小了一些，但没有变得更加怪异。手腕的粗细也大致相当。这样一来，剥除硬壳子就成了一种乐趣，每天剥除一点，他生命里就会多一点快乐，这是以前从未享受过的快乐，他甚至不准备把这个快乐同太宰分享。他干得如此细心忘我，以至于太宰都回来了，他依旧在跟胳肢窝里的一小块硬壳子做最后的斗争。

太宰跳上大树，眼看着云琅从黑漆漆的一团里逐渐长出两根洁白的肉"芽"，也非常为他高兴。以前，硬壳子就是云琅的衣衫，现在随着身体逐渐好转，硬壳子将逐渐变成碎片，云琅目前最需要的就是一套衣衫。太宰似乎早就想到了，刚回到石屋，他就从老虎背上的革囊里取出一套衣裳放在云琅的身边。衣衫很明显是旧的，衣缝中间爬满的虱子说明衣衫原来的主人并不是什么高贵的人。衣衫下摆处一块巴掌大的暗红色更加证明这衣衫的来路诡异。太宰笑道："有人误入禁地，被我杀了。"

云琅不由自主地避开了太宰的眼睛，衣服上还散发着的血腥味告诉他，太宰为了一件衣衫真的杀人了。在云琅的意识里，杀人是思想上的一个禁区，在他的世界里，杀人大多只挂在嘴上，只有极个别的人才会将愤怒转化为行动。脑袋掉了就接不上去了，云琅是这样想的。显然，太宰不是很在乎，或者说他认为一条人命没有为云琅遮羞的衣服重要。云琅并没有因为不满就把这件肮脏的衣服丢进火塘里去，既然太宰能为一件衣裳杀一个人，那么他就能为这件衣裳杀另一个人。

已经能够坐住的云琅将衣裳放在火塘上烤，不断地有虱子从衣裳上掉进火塘中，发出噼里啪啦的声响。一个人有了双臂，基本上就能移动了，云琅的双臂拖着他在地上爬行。那件已经被烤得很热的衣衫被他放进了一个灰陶罐子，然后他在太宰的帮助下把灰陶罐子挂在火塘上方。太宰很满意云琅的表现，用低哑的声音道："大人为上，礼为尊！"这个道理太宰昨晚教过云琅，他的祖父就因为遵守这条道理，站在那里用胸膛接了始皇帝三箭。以此类推，那个死去的庶人因为一件衣裳被高贵的太宰杀掉并无不妥。

第五章 破茧

今天的晚餐是一钵子麦饭。把麦子放在罐子里放一点盐然后煮熟的吃法，云琅还是第一次遇见。他以前吃过的麦饭与面前一粒粒麦子的麦饭不同，那是精选上好的野菜，用面粉搅拌了，然后添加各种调料，最后放在蒸笼上蒸二十分钟之后做出的，非常美味。而他面前麦饭里的麦子并不饱满，即便煮熟之后，麸皮也远比里面的面粉多，吃了几口之后，云琅的嗓子就被磨得很痛。太宰接过云琅手里的灰陶碗，把一块烤得油脂吱吱作响的野鸡腿塞给了云琅："麦饭粗粝，难以下咽，黍稷一时难找，且将忍些时日，待我去远处寻来。"

云琅不明白太宰为什么对他这么好，他绝对不相信是自己人品爆发的结果，其中一定有缘由。这时候问什么都不合适，快快地接受太宰的好意比什么都重要。太宰见云琅撕扯着鸡腿，脸上露出满意的笑容。接下来的日子里，云琅心安理得地接受着太宰无微不至的关怀。虽然这些关怀非常原始，有时候是一块烤熟的黄精，有时候是一串已经泛着紫色的野葡萄，更多的时候他会变戏法一般从怀里掏出一颗黄澄澄的梨子。当一大碗黄米饭出现在云琅面前的时候，他坚信，太宰真是已经在尽最大能力照顾他了。云琅整天乐此不疲地撕扯着身上的硬壳子，这是他现在最喜欢干的事情。他忍着无限的痛苦清除掉胯下那块最坚固的硬壳后，禁锢他的外壳终于全部脱落了。陶盆中荡漾的水波里出现了一个光滑的蛋头。随着水波慢慢平息，水面上的倒影越发清晰，一张俊秀的小脸浮现在水面上。即便没有眉毛跟头发，仅仅是耐看的五官就清晰无比地告诉云琅，他现在是一个长相很不错的美男子。

厚厚的一层硬壳去掉之后，他的身体也整体小了足足一圈。就这张稚嫩的脸，最多只有十二三岁，没人会认为他的实际年龄早就过三十了。脱壳的过程对云琅来说也是一个新生的过程，喜悦就像光明一样慢慢展现，梦想伴随着希望起飞，以最好的姿态把最好的一面展现给了这个新的世界。云琅对自己的表现极为满意，过程虽然恶心一些、难堪一些，结果是好的，这就是最好的结局。就像蝴蝶在黎明时分挣开茧子，在美丽的朝阳下第一次扑扇翅膀……云琅赤条条地站在阳光下，张开了双臂，像是在拥抱整个世界，也像是在跟这个世界宣告，自己来了。

太宰看着云琅就像是在看一个绝世瑰宝，眼中不仅仅有欢喜，更有泪光浮动。云琅收回目光，虽然这一幕已经出现过无数次了，他依旧感到新奇。他再一次用嘶哑的声音问太宰："我是谁？"这个问题太宰最喜欢回答了，张嘴就道："你是第五代太宰！我是你的耶耶。"这样的问答对两人来说其实就是一个游戏，两人都有些乐此不疲的意思。直到这一刻，云琅才明白太宰为什么对自己这么好——他需要一个第五代太宰。

始皇帝的家宰是宦官，这在始皇帝以前是不可能的。家宰乃是王室重臣，秩一千五百石，掌管大王出行、衣食、寝宫、游猎，并有校正大王不当言行的职责。自从长信侯嫪毐与赵太后私通生两子阴谋叛乱，为始皇帝剿灭后，嫪毐就成了始皇帝心中永远的痛。面对母亲生下的孽种，始皇帝狂性大发，下令诛除了雍城中的每一个人，并且一把火将这座嫪毐用十年才修建成的坚城烧成了白地。一座城的人死并不能平息始皇帝心中的狂怒之火，为了以后不再出现嫪毐这种假宦官，他亲自对赵高下令，只要是出入王宫的内府男子，全部施以腐刑。自此，太宰一脉想要依靠血脉来继承就成了泡影，于是，每一代太宰都会寻找一个优秀少年，以父子相称，最终完成接替。毫无疑问，太宰看中了云琅。

这一幕对云琅来说并不算陌生，当初云婆婆就是从一堆孤儿中一眼就看中了他。只要是良才美玉，在哪里都会熠熠生辉。对于自己很优秀这一点，云琅有着充分的认知。而太宰的做法也非常普通，太监在寻找继承人的时候，如果没有子侄，就会找另外一个看中的人来继承自己的一切。只是太监寻找的一般都是太监，太宰是一个宦官，而云琅非常不愿意做什么宦官，更何况太宰也没有什么东西好继承的。当付出比收获更大的时候，傻子都知道该怎么选择。云琅不明白太宰是怎么通过一团焦炭看出自己是一个优秀少年的，每回问他，他都笑而不答，云琅总是觉得他似乎非常得意。

山里的日子过得没心没肺，很快，秋日就要消失了。一场北风吹来，山腰处的阔叶林立刻变得稀疏起来，漫天的黄叶几乎遮蔽了天空，树干上只留下光秃秃的树枝矗立在那里，如同持戈的武士。

手脚回来了，身体获得了极大的解脱，云琅就无所畏惧，即便死，也是进行了充分的抵抗之后死掉的。一连两天，云琅都是在剧烈的咳嗽中度过的，每一次剧烈的咳嗽之后，总有大团的青灰色黏液从喉咙里喷涌而出，黏液最终由清灰转为淡白。"神医"太宰以为这是一个排毒过程，是云琅将要痊愈的好现象。因为云琅可以说话了，他每日出去的时间越来越短，花在云琅身上的时间更多了，他甚至给云琅做了一个沙盘，手把手地教云琅认字。

"秦书有八体，凡我士人，虽不一定全习，却一定要知晓。秦书八体，一曰大篆，二曰小篆，三曰刻符，四曰虫书，五曰摹印，六曰署书，七曰殳书，八曰隶书。大篆乃益伯观世间万物，测天下玄机，取飞鸟鱼虫外形之意而创，古朴典雅，最是优美，只是字体繁复，刻于简牍多有不便。我皇元年，下诏'车同轨，书同文'，丞相李斯集三百能人异士经三年出小篆。大材昭昭，只可惜为人奸险。小篆通行天下，有利于我大秦，李斯死无葬身之地，乃是自取。刻符乃是万年文，只求通意，不求美观，字迹铁钩银划，乃是匠人用于铜器上的字体，老夫只求你能看懂，不用刻意通习。虫书原通行于吴、越、楚、蔡、徐、宋等南方诸国，王一统天下之后，此书已经式微，兼之'书同文'经行天下，虫书渐不为人所知。署书、殳书大同小异，一书于殿宇、馆阁门楣之上，一刻于兵刃之上。唯有隶书，老夫对此深恶痛绝，你却不得不习之。世人往往畏难趋易，隶书就是如此。云阳奴程邈，初为县之狱吏，获罪于始皇帝，系云阳狱中覃思十年，损益大小篆方圆笔法，成隶书三千字。始皇称善，释其罪而用为御史。以其便于官狱隶人佐书，故名曰'隶'。此书大损篆书之美，除却便易之外再无半点好处。唉，你亦当习之。"

太宰说话的工夫，云琅已经用非常正确的握笔姿势握着树枝在沙盘上分别用大篆、小篆、隶书书写了"云琅"二字。这让太宰一脸的惊喜。如果让云琅用隶书、大篆、小篆这样的字体写别的，他自然不会，至于名字，他以前练过。

"云琅？你识字？"

云琅羞涩地笑了一下道："仅限于名字。"

太宰正色道："会书写名字，已经是士人了。"

"啊？"

太宰微笑道："能书写自己姓名者，放眼天下已是万中无一。尔云姓出自缙云氏，是黄帝时夏官之后，以官名为姓氏，比老夫的乌姓要高出不止一筹啊。看你握笔娴熟，虽然怪异，却运转自如，看来老夫捡到宝贝了。"说完，太宰提起树枝，在沙盘上分别用大篆、小篆、隶书书写了"始皇帝"三个字，并一字一句地教云琅念诵，直到云琅发音准确无误，才带着老虎走出石屋，继续去巡视自己的禁地。太宰一走，云琅就牵着梅花鹿出了石屋。

外面阳光明媚，秋日的清晨清凉，尤其是云琅身上只有一袭薄薄的单衣，更是显得寒酸。身体遭受了大难，才知珍惜身体发肤。云琅不想让自己这具新得来的身体再遭罪，决定把那张熊皮改成一件合适的御寒衣物。最主要的是，他非常想有一双合适的鞋子。当初太宰拿来衣服的时候是没有鞋子的，估计不是他忘记了，而是因为被他弄死的那个人脚上根本就没有鞋子。云琅翻遍了石屋，终于找到了一根针。看着这枚比锥子小不到哪里去的铁针，云琅不屑地撇撇嘴，这东西用来缝制麻袋自然是极好的，用来制作衣衫，实在是一言难尽。不过，既然身处汉代，这没有什么想不通的，唐朝的老太太都在用铁杵磨针，这根非常锋利的锥子应该是一个很不错的缝制衣服的工具。

第六章
穿衣为礼?

墙上挂着一大团麻,云琅看着这团麻,低低地呻吟一声,就扯下一股子粗麻熟练地破开,然后分成细细的十几股,把它们放在一块木板上,用木槌用力捶打。直到麻线变得绵软,他才找来一根棍子,在棍子底部绑上一块石头,开始搓麻绳。仅仅是这个工作,就耗费了他足足一个小时的时间。云琅握着缠绕在棍子上的一大团细麻线,感慨万千。太宰弄来的死人衣服也是麻衣,穿在身上跟锉刀似的,这让云琅娇嫩的皮肤吃了很大的苦头。即便这样,这件衣衫已经被那个人穿了很久,早就磨损得千疮百孔了。而且云琅因为有洁癖,又把这件破衣衫在灰陶罐子里煮了足足三天。那张熊皮倒是非常漂亮,轻轻一吹,浓厚的皮毛层就会起旋涡,是最上等的皮子。

云琅有一把小刀子。按照太宰的说法,只要是秦人,就应该有一把刀子,没事的时候用来吃肉,有事的时候用来杀人。这句话将老秦人的进攻心态表露无疑,他们从来都没有过防御的概念。在刚刚结束的大秦帝国时期,他们总是进攻的一方。刀子就是用来开疆拓土的,否则开刃干什么?事实上云琅的小刀子一点都不锋利，青铜制造的刀子能锋利到哪里去？即便再锋利，只要切割一会熊皮，刀就会变钝。云琅不得不切割几下就把刀子在石头上狠狠地摩擦几下，好让刀子一直保持在锋利状态。

云琅从未想过缝制一件衣裳会如此艰难。在以前，这种小手工活计，身为孤儿的他曾经干过好多，即便最笨拙的时候，干活的效率也比现在高得太多了。就在云琅奋力与兽皮作战的时候，老虎习惯性地带着一阵风从大石头后面蹿了出来，蹲在高高的石头上，张大了嘴巴不断地喷着热气。没用的母鹿呦呦地叫唤一声就一头扎进了云琅的怀里，扰得云琅没法子安心缝衣裳。身上的衣服成了碎片，云琅全身上下光溜溜的，自然不愿意光着屁股爬石头。可是，等了好一阵子，那只傻老虎依旧蹲在石头上喘气，不见太宰从石头后面过来，这让他有些担心。

没有了太宰，云琅不是很确定自己是否能在这片荒僻的地方独自活下来。要知道，他现在粉嫩粉嫩的，吃起来一定非常可口，远不是刚来时那副焦炭模样。云琅将半成品的熊皮裤子绑在腰间，奋力爬上大石头，抱着老虎的脑袋向小路上看。小小的山路上空荡荡的，老虎刚刚经过，连调皮的松鼠都没有一只。"他不会有事吧？"云琅下意识地问老虎。老虎自然是充耳不闻，依旧把目光放在想要跳上石头寻求云琅庇护的母鹿身上。大石头对云琅来说就是一道分界岭，大石头的外面是洪荒，大石头里面则是暂时安身的家。他没有冲动到跑到大石头外面去，至少在他确定外面是安全的之前他是不会去的，哪怕是为了太宰也不成，能把武艺高强的太宰弄死的存在，弄死云琅没难度。他唯一能做的，就是跟老虎一起安全地蹲在石头上等太宰回来。大石头上阳光充足，老虎摊开身子懒洋洋地躺在上面晒太阳。看到老虎都不紧张，云琅紧绷着的心也就慢慢放回肚子里，这里好像更适合干活。太阳快要落山的时候，云琅的一条裤子终于做好了，不是太宰穿的那种遮不住屁股的深衣，爬个破石头，黑黝黝的屁股就露在外面。

穿上裤子的感觉很好，只是太宰依旧没有回来。黄米饭蒸熟了，老虎吃的腌肉也准备好了，野菜用野猪油泼过了，筷子也用开水煮过了，太宰还是没有回来。等人的感觉非常讨厌，云琅以前就不喜欢等人，时间稍微一长，整个人都会变得烦躁起来。天擦黑的时候，外面渐渐沥沥地下起雨来，云琅瞅着已经冰凉的饭菜，盘着腿坐在门前看雨。

一阵凉风吹过，太宰终于回来了。他的模样很狼狈，破烂的深衣上满是泥水，精美的剑鞘更是被泥巴糊得看不出本来面目。云琅上前要搀扶，太宰推开他，跟跟跄跄地倒在竹简上，呼吸粗重得如同拉风箱。这是脱力的症状。以前是太宰照顾他，现在轮到他照顾太宰，事情就是这样轮流转得厉害。云琅扒掉太宰湿漉漉的衣服，发现他的胸口有好大一片乌青，看样子像是被人用拳头打的。云琅没有问是谁打的，只知道太宰这条船似乎不是很安稳。

缓过气来的太宰默默地接过云琅拿来的黄米饭，往上面浇了一些肉汤，他也不吃菜，大口吃完黄米饭之后就倒头睡在竹简堆上，转瞬间就鼾声如雷。云琅吃过饭之后，清洗了碗筷，重新坐在火塘边上，用那根大针缝制上衣。其实就是熊皮里面缝了一层麻布，然后再用麻绳绾几个中国结当扣子。这样做出来的衣裳自然不可能太好看。如果有丝绸或者彩缎，云琅能盘出更漂亮的扣子，这一手可是在跟云婆婆一起给人家制作旗袍的时候学来的。睡觉前，云琅不但把自己的上衣做好了，还把太宰被撕破的衣衫缝补妥当了。他伸了一个懒腰，再一次扫视了一遍石头屋子，不由得叹口气。

实际上，这间屋子里什么东西都不缺，只是被太宰弄得如同猪窝一般。生活的要义就在"勤快"二字，一个人的居住环境在很大程度上能够表现他的精神风貌。云琅认为，太宰这个家伙可以邋遢，但自己的新生活刚刚开始，是万万不能养成邋遢的习惯的，否则，时间久了，假邋遢就会变成真懒惰。云琅因为工作的关系曾经见过几个非常厉害的人。这些人有一个共同的特点，就是从不在人前显摆。本事这东西就像是已经吃进肚子里的饭，自己知道有多饱就成,没必要吐出来弄得全世界的人都知道。在陌生的环境里要小心,这句话永远都是对的。云琅现在就是这么干的。太宰认为他只认识名字,喜欢教他认字,他就仔细地跟着太宰认字,一板一眼的,也不错,反正他对隶书的认知也仅仅是认识而已。

太宰醒过来的时候太阳已经偏西了,穿着一身奇怪衣衫的云琅给他送来了饭,他一边吃一边看着云琅收拾这个散乱的石屋。"你为何不问我昨日因何迟迟归来?"太宰放下手里的饭碗,若有所思道。云琅将沙盘端过来,当着他的面将"始皇帝"三个字分别用三种字体写了一遍。太宰很快就忘记了自己刚刚问的话,仔细地检查了云琅的作业,挑出两处不合适的地方,然后继续教他认字。惯例是一天两顿饭,到了天黑的时候,太宰才停止教学,咳嗽着站起来,来到石屋外面,瞅着天边残存的一片晚霞发呆。

"您在这里多久了?"

太宰回过头看着云琅笑道:"一辈子。"

"您就不想出去看看?"

"不想。外面是刘氏天下,没有我这个秦人的立锥之地。"

"不感到遗憾吗?"

"秦人一诺千金,死不旋踵……"

云琅想了一下道:"留在这里其实也不错,只要快活,哪里都是乐土。"

"不可通变,不择手段非好汉,不改初衷大丈夫!云琅你要记住,人一旦通权达变了,就没了坚持。"

云琅点点头,他不想问太宰用一辈子为一个死人守墓到底值得不值得。即便是始皇帝,也没有资格在死掉之后,依旧牢牢地控制着一群人为他所用。当然,这是云琅的想法,太宰却会把自己的坚持当成一种荣誉。这非常符合这个时代人们的价值观,就像不食周粟的伯夷、叔齐,就像是枯守孤岛最后自戕而死的田横五百壮士,至于赵氏孤儿体现的那种残忍的忠贞,正是太宰这样的人所向往的。

在此前那些不能动弹的日子里，云琅想了很多。如果他还不能从太宰的身份以及石屋对面那座葱茏的高大土丘上猜出那个土丘就是秦始皇陵，那就太愚蠢了。毕竟，南面背山，东西两侧和北面形成三面环水之势，"依山环水"正是秦始皇陵最主要的地理特征。

他在揣度太宰，相信太宰也在揣度他。云琅不相信一个刚刚认识不久的人，想必太宰也不会过于相信他。直到现在，云琅都在想，从他出现在这个世界的第一天起，太宰就应该发现了他的存在，否则无法解释他一个无法动弹的人如何能在荒原中独自存活三天。这一辈子，云琅从来就没有过什么好运气，因此，他从不相信什么巧合。

第七章 生死，小事耳

太宰能够毫无心理负担地为一件破衣裳就杀掉一个人，说明这周边还有很多人，如果他想，他应该不缺一个五代太宰。除非云琅出场的过程非常惊艳，惊艳到太宰根本就无法解释的地步。在这个时代，没有办法解释的事情一般都被称为神迹！

太宰枯坐在高崖上，木呆呆地瞅着对面草木葱茏的高大土丘，不知道是不是在追思自己的王。云琅没有王可以追思，所以只好不停地玩弄老虎的大爪子。很奇妙，老虎的爪子其实没有那么坚硬，反而软绵绵的，尤其是脚掌上的那几块肉垫子，只要轻轻地一按，里面的尖爪子就会冒出来。老虎硕大的嘴巴就在云琅的头顶，它偶尔会张着嘴打个哈欠，似乎要吞掉云琅的脑袋。老虎的嘴巴很干净，没有什么怪味道，云琅今天非常勤快地用盐水帮它清洗过，只是漱口水被它吞掉了。那只母鹿就卧在老虎的肚皮旁边，如果继续这样下去，云琅觉得它们能发展出一段跨种族的爱情。太宰的咳嗽声在夜色中传得很远，听上去非常悲壮。这世上能把咳嗽咳出悲壮感觉的估计就太宰一个人。

"明天，我能跟你一起去巡山吗？"云琅到底年轻，还是忍不住先开口了。

太宰回过头，一双眼睛亮晶晶的，不知道想起了什么，他摇着头笑了一下道："不用。你怎么想起跟我一起巡山了？"

云琅把一块皮子披在太宰的身上，道："我怕你明日回不来了。无论如何，有我在，也能给你选一块好的墓地埋葬你，这里的野兽太多了。"

太宰认真地看着云琅道："不用，等我真的不中用的时候，会把巡山的重任交给你，现在还不用。生死，小事耳。"

云琅点点头，继续把身体靠在老虎的脖子上玩弄老虎的爪子："您是怎么驯服老虎的？它有名字吗？"

"老虎就是老虎，要什么名字？它还是幼崽时被我捡回来的，长大之后就跟着我巡山。"

"你看它额头有一个'王'字，我能叫它大王吗？"

太宰的眼神变得有些犀利，好半晌才慢慢地道："它本就是兽中之王，称为大王也没有什么不妥。"

云琅像是没有看见太宰眼神的变化，亲昵地把脑袋在老虎的头上蹭蹭，笑道："大王，大王！"

老虎没有反应，太宰的拳头却握得紧了些。

"我需要一把铁刀，您能帮我弄一把吗？"

"铁刀柔软不堪，要它做甚？你不是有一把铜刀吗？"

云琅笑道："你之所以觉得铁刀软，纯粹是因为你们不会炼制，在我的故乡，人们都用铁刀，锋利无比。如果你能给我一个铁砧、一柄铁锤，我就能炼制出那种锋利的铁刀。"

太宰的面容隐入了黑暗，云琅看不清他的神情，只有太宰淡淡的声音传来："我找找看，不知道有没有。"

山崖下的一股青岚缓缓地升起，眼看着就要淹没石屋前的平台。太宰的深衣上下通透，保暖效果很差，云琅又不敢劝他回去休息，只好带着老虎、母鹿率先回到了石屋。云琅能感觉到太宰盯在自己后背上的灼热目光，不过他不在乎，如果再不表现出点神奇之处，他不敢保证太宰还能继续这样对他好。一串串的竹简木牍被平平地铺开，变成了两张床，床上放着云琅今天晒过的各色兽皮，一半铺床，一半盖身，这样的床铺应该非常舒适。自从来到这里，今夜是云琅睡得最舒服的一晚。太宰很自然地睡在另外一张床上，可能是昨晚睡得很足，这一晚，他瞪着眼睛看了云琅整整一夜。

早晨云琅醒来的时候，太宰已经不见了踪影。老虎却还在，正在一次次地假装扑倒母鹿，每一次都用大嘴含住母鹿的脑袋，却从不用力。母鹿似乎也不害怕，陪着老虎玩得不亦乐乎。这世上没有无缘无故的爱，即便有，云琅也不信！环境诡异地变了，甚至时空可能也有了很大的变化，唯一没有变化的是云琅那颗近乎冷酷的心。今天的天气很好，云琅不明白自己为什么会想起那个女人，她已经很久没有进入过他的梦乡了。"或许，那个女人说的是对的。"云琅抓着老虎耳朵，自言自语道。

跟老虎用最短的时间建立起最亲密的关系，是云琅最近一直在做的事情，现在看来，进展还不错。老虎很喜欢用盐水刷牙，或者说它只是单纯地喜欢盐。云琅观察过了，太宰对老虎一点都不好，呼来喝去，稍有不顺心就拳打脚踢。这或许是太宰用来构筑与老虎的主仆关系的办法，对一头野兽来说，幼年时期臣服的王，将是它一辈子的王。

云琅今天的工作是制作一双鞋子，他有足够多的兽皮，其中一张坚固的老狼皮将是他今天制作鞋子的主要原料。狼皮的颜色是他非常喜欢的青灰色。不过，在制作鞋子之前，他需要将五层刮掉毛的狼皮用麻绳钉在一起，然后用一张厚实的狼皮把这些狼皮包裹起来，最后形成一个漂亮的鞋底子。过程说起来简单，制作起来非常难。狼皮又厚又韧，他的那根大针又非常不争气，力量用小了，扎不透狼皮；力量用大了，会把针弄弯。中午的时候，云琅看着自己布满水泡的双手,只好暂时停止了鞋子的制作。他非常希望太宰能给他弄来一套铁匠工具,好让他用最简单的方法弄出一套合用的工具来。

整个下午,云琅都在石屋附近的山林里转悠。这里的山林物产极为丰富。仅仅是附近的山林,就让他获得了两种野生香料,一种是花椒,另一种则是八角。云琅觉得,有了这两种香料跟盐巴,自己今晚就能做出一锅极为鲜美的兔肉汤。前途未卜,云琅决定过好每一天,至少每一天都不辜负自己的新生。兔子肉炖在陶罐里面的味道没有想象中的好,这种动物的肉非常寡淡,还有非常浓重的土腥味,算不得好吃。不过如果里面加上一两块肥腻腻的野猪肉,再用调料的味道烘托一下,兔子肉立刻就变得喷香扑鼻。没人单独吃野兔肉的,这应该是一个常识,云琅自然不会犯这样的错误。不过,一连三天顿顿都吃野兔肉,即便再好吃的东西也会败人胃口。可是太宰这家伙每天都吃得非常开心,不论云琅做多少食物,他都会把剩余的吃光,连汤汁也不会剩下。云琅相信,如果有人看到太宰吃东西的模样,一定会对食物这种东西保持极高的敬意。后来,太宰每天回来得都非常准时,因为他发现,云琅做的食物放凉之后味道就差了好多。云琅顾不得继续研究美食,他需要的铁砧、铁锤、火钳子、铁刀子都被太宰陆陆续续弄来了,虽然上面有厚厚的一层铁锈,依然让云琅非常开心。垒一个简易的炉子需要最好的泥料,旁边山根上就有一层红胶泥,这种材料很适合做简易的炉子。于是云琅开始用最细的麻线编织孔洞非常小的筛子,好用来筛选泥料。那些被细细磨碎筛选出来的泥料被云琅泡在水瓮里面,为此,他还用脚丫子踩了成千上万遍。泥料在水瓮里待了足足三天。在等待泥料沉淀的日子里,云琅在山根处挖掘了一个炉子,把太宰储备的粗大柴火全部丢进去烧。在浓烟将要散尽的那一刻,他用土把炉子的排烟口跟火口全部封死,然后开始整理生锈的铁锤跟铁砧。

太宰看了足足五天,在云琅的炉子刚刚成形之后终于忍不住了:"你不是要打铁吗?做这些事情干什么?"太宰有些怜悯地看着云琅,打铁需要烧炭这事他还是明白的，至于云琅干的其他事情他就一头雾水了。

"我是要打铁，主要是因为我需要一柄锋利的刀子跟一把坚硬的锥子，好给我做一双合适的靴子。"

云琅的话说得很拗口，不过，太宰还是明白了他的意思。太宰多少有些鄙夷，一个真正的贵人是不干这些事情的。云琅不等太宰提起读书的事情，张嘴道："'蒹葭苍苍，白露为霜。所谓伊人，在水一方。溯洄从之，道阻且长。溯游从之，宛在水中央。蒹葭凄凄，白露未晞。所谓伊人，在水之湄。溯洄从之，道阻且跻。溯游从之，宛在水中坻。蒹葭采采，白露未已。所谓伊人，在水之涘。溯洄从之，道阻且右。溯游从之，宛在水中沚。'太宰，《秦风》我已经会背了。"太宰闻言叹了口气，就背着手离去了。《秦风》是他在发现云琅学习能力很强之后特意找出来为难云琅的，只是没有难住。

第八章
努力成为一个贱人

云琅瞅瞅自己满是泥巴的手笑了起来，经常做一些出乎太宰预料的事情对于两人以后长时间相处好处很大。炉子弄好了，下一步自然是烘烤，然后保温，要不然炉子会炸掉的。太宰眼看着云琅用胶泥条一圈圈地盘绕出一个奇怪的炉子，很是惊讶，他的手艺非常娴熟，就像是经常干这些活计一般。云琅忙碌了一整夜，太宰看到他出去了无数次，直到天亮才倒在竹简上沉沉地睡去。太宰起来得很早，坐在火塘边上用刀子削木牍，最近因为云琅来了，有很多的事情需要记录。

赤着脚站在冰冷的石头上会让人发疯，云琅用两块狼皮包裹着脚丫子，依旧冻得瑟瑟发抖。直到被草木灰完全覆盖的炉子被他扒拉出来之后，他的心情才变得好一些。炉子烧制得很好，没有裂纹，内腔不大，对云琅来说足够了。毕竟，他只想打造一把小刀跟几柄锥子，如果可能，他还想打造出一把合用的菜刀。在太宰的帮助下，云琅将铁砧安放在一个粗大的木头墩子上，高低很适合他现在的身材。烧炭的窑冷却的时间已经足够，打开之后里面依旧有热浪喷出来。怪不得老虎跟母鹿这几天都喜欢趴在炭窑上过夜。

眼看着云琅烧成了木炭，太宰长叹一声，取出一块成形的木炭对云琅道："百工精妙，于国家大有裨益，这是人人皆知的道理。当年我大秦百工皆受制于国，大良造以十六级上爵署理百工，不能说不看重百工。只可惜，操持百工者多为家奴，尔一旦接替我太宰，将跻身爵位第九级五大夫，再从事这些贱业，将获罪于左庶长，更会招来他人耻笑。"

云琅一面往炉子里添加木炭，一边笑道："我现在需要一双鞋子，在制作鞋子之前，我先要弄一柄合适的锥子。现在只有我们两个人，在你面前我无所顾忌，只要过得舒服，干什么都成。"

太宰再次叹口气道："老夫担心的就是你这种得过且过的性子。士大夫乃千金之子，坐不垂堂，哪怕是一瓢饮、一箪食，也当恪守风范，虽死不改初衷。没有这样的决心，即便位列彻侯也不过是沐猴而冠罢了。"

云琅看看自己黑乎乎的手，再看看衣着破烂的太宰，他没有看出两者有什么差别。

"饿死也不能丢弃士大夫的尊严吗？"

"首阳山上有先贤。"

"渴不饮盗泉之水？"

"胡说，我大秦以法立国，从父子兄弟姐妹不准同睡在一个炕上，直到全国使用统一的尺、寸、升、斗、斤、两，再到十家编一组相互监督，一家犯法隐匿不报则九户连坐，再到从事垦荒者九年不收田赋，耕田织布特别好的、积存粮食多的免除税务和劳役，人际间争执诉诸官府，禁止私人决斗，对敌作战以斩首多少论赏赐等级，只有作战有功才能升迁，贵族商人，若是没有战功，不能担任政府官员……每一样每一种都有法可依，人人遵从律法行事，奴隶以百工糊口，士大夫以为国谏言、统御牧民为生，各行其道，不得稍有僭越。孔丘之言，不过一家之念，不可全信。"

云琅的嘴巴张得很大，吃惊道："咱们是法家？"

太宰习惯性地瞅着天上飘浮的白云道："有商君变法才有我秦国成为天下七雄。李斯立法，才有我大秦一统天下的机遇。我们自称法家也没有什么不妥。"

"可是，这两位死得都好惨啊！"

"豹死留皮，雁过留声，人死留名，本就是千古功业，生死，小事耳。"

云琅痛苦地转过头，他决定不再跟这种不拿自己性命当回事的人说话。两人相处才短短一个月，这家伙就两次为了功名利禄把性命不当一回事了。以后如果有可能一定要远离这种人，跟他们在一起，比被雷劈还要惨。天知道哪一天自己就会因为跟他们离得近，被他们的理想株连，最后被某一个强力人士五马分尸。这个世上的坏人一个个都活得风生水起，好人只能靠卖惨留名，傻子都知道取舍。云琅觉得自己就是一个俗人，不是俗人也不会因为受不了女朋友的唠叨最终离家出走。俗人就喜欢一些俗事情，不论是跟小贩讨价还价省了一文钱，还是地里多产了一斗麦子，哪怕是在街道上多看了一眼美女，都是好事。至于后人读着自己惨烈的历史，生出雄心壮志这种事情，他是一点都骄傲不起来。死掉了，肉体就腐烂了，什么都没有了，留名有个屁用。云琅没有第一时间毁掉炉子，丢掉锤子，这让太宰非常失望。他承认云琅是一个非常聪慧的学生，一定能够在学问上有很大的前途，同时也承认，要想把云琅教化成一个真正的士族，前路依旧漫长。打铁首先要制作的就是火钳子，太宰拿来的火钳子充满了秦汉风格，古朴而笨拙。在经过皮囊鼓风之后，炉子非常给云琅面子，火焰熊熊，颜色也从橘红转变成了青色，高温之下，不一会就把一柄破铁剑烧得通红。大锤子需要很大的力气才能抡起来，云琅没有这个本事，只好用小锤子一锤锤地将破铁剑折叠成两层，然后趁着铁料依旧高温，猛力挥动锤子将软铁里的碳砸出去。没有焦炭，在鼓风皮囊的作用下，木炭不一会就烧没了，眼看着木炭一点点变少，云琅几乎要放弃自己的雄伟计划了。一整天的时间,木炭用了不少,云琅精疲力竭,才完成了一把最小号的火钳子。

云琅被老虎拖死狗一样地拖回石屋子,太宰正坐在云琅收拾得非常干净的石屋里优哉游哉地喝着水。不论云琅制作出了什么东西,都打动不了太宰的那颗士族之心。他心安理得地拿着云琅打造出来的火钳子,夹着云琅烧好的木炭往火塘里丢。这家伙不喜欢干活,却非常喜欢享受云琅给他带来的便利。比如,他现在一天不换洗一遍衣裳就很不舒服,尽管他只有两件破衣裳。救命之恩大于天,云琅自然不会计较这些,被老虎拖回来之后,还要挣扎着起身,为大家熬制鸡汤。自从上一次云琅用灰陶盆子熬制了一锅野鸡汤之后,太宰基本上就不再做饭了。食不厌精、脍不厌细是云琅一向的追求,日子已经过得苦不堪言,如果每天对食物都没有一点期待,生活就再无质量可言。风干的野猪肉被热水逼出油脂,油脂在与八角、花椒、山姜、野葱充分混合之后,浓郁的香气就弥漫了石屋。

带着一大块肥厚猪肉的厚重的野猪腿骨不用煮熟,被云琅凉凉之后,就放在老虎的面前。老虎现在已经喜欢上吃煮过的食物,虽然它大部分的食物都是血淋淋的,但每天晚上这顿带着盐巴味道的熟食,依旧是它最大的享受。不等老虎下嘴,那根猪腿骨就被太宰拿走了,他一边吃一边抱怨:"如此美食喂给牲口吃未免糟蹋了。"野兽都是护食的,这无关驯服与否。老虎大王咆哮一声,不等扑过去抢夺食物,一根粗大的木棒就重重地敲在老虎的头上,也不知道太宰是怎么敲的。刚才还悲愤得不能自抑的老虎大王,摇摇晃晃地走了两步,就摔倒在地上。

太宰丢掉手里的木棒,斜睨了老虎一眼,然后看着云琅道:"畜生就是畜生,学会了规矩才能继续活下去,如果有一天它有了弑主之心,就该剥皮煎骨。"

云琅放下木勺,拱手道:"谨受教!太宰与畜生争食有失身份。"

太宰放下正要吃的猪腿骨道:"奴隶与士人,一在平地一在天,奴隶与野兽同列。老夫夺野兽、奴隶之食饱腹乃是天道。自周天子失了天下，天下群雄并起，列国征战不休，奇谋妙计层出不穷，奇人异士如雨后春笋，更是屡见不鲜。争天下者士人也，威天下者士人也，服天下者士人也。士人驭百姓如驭牛马，驱平民、奴隶上斗场如观儿戏，士人才是天下的主宰，予取予求乃是上天所赐。云琅你当谨记，尔为士人，恻隐之心可有，却不能滥施。就如今日虎食，它平日里茹毛饮血惯了，你贸然给它熟食，一旦吃惯了熟食，它就会懒于狩猎，我等也没了食物来源。因此，恪守其道乃是天理，不可贸然改变，否则必遭啮脐之祸。"

云琅觉得太宰是在对自己进行洗脑。什么大道理在特定的时间里都是有道理的，直到它被另一个更大的道理给推翻。云琅自然有无数的大道理可以说，不过，他不准备跟太宰说，说了会死人的。

第九章 徐夫人的手艺

　　黄米饭其实很好吃，再浇上蘑菇肉汤之后就变得非常完美，一连吃上三碗，不论士人还是奴隶都会心满意足。物质才是人心向背的决定性因素。就像此时的老虎大王，忧伤地啃了一根没肉的骨头之后，它就满足地趴在火塘边，跟那只母鹿耳鬓厮磨。现在，睡觉对云琅来说真正变成了一种享受，一整晚不用在梦里跟那个女人吵架，身体得到了彻底的休息，每一个早晨对云琅来说都是一个新的旅程。

　　锻造一块顽铁需要耐心。巴掌大的一块铁在云琅的铁锤下被折叠了三十几次，那些漂亮的折叠花纹已经慢慢出现，现在剩下的就是造型与淬火了。云琅的手艺不好，他只是见过新疆英吉沙小刀的锻造过程，也仅仅知道锻造需要的一点小小的知识。上手之后他才发现，工艺什么的并不是很难做到，唯一难以做到的是耐心。

　　一个模样丑陋的短刀出现在了太宰的面前。对于这个结果太宰并不感到吃惊，毕竟，对于云琅瘦弱的身体来说，能做到这个程度，已经比一般的工匠强很多了。让他吃惊的是云琅在有意识地收集尿液，不但有他自己的，还有老虎的。老虎自然没有往罐子里撒尿的习惯，太宰瞅着云琅漫山遍野地追逐老虎要虎尿的样子，不由自主地露出了微笑。

烧红的锥子被塞进了尿液里面，一股难闻的蒸汽散尽之后，六把黑乎乎的铁器就出现在了云琅的面前。黑色的外皮被磨掉之后，再安上木柄，锥子就成形了。它是如此锋利，往日里用那根大针费劲力气才能刺穿的狼皮，在新做的锥子面前如同一张纸，即便六层狼皮的鞋底子，在锥子面前，也不再是云琅制作鞋子的障碍。兴奋的云琅一整天都在用锥子刺东西，且无所不刺。淬火之后的锥子果然是一件利器，淡漠的太宰拿走了最长的三个，他准备当武器使。

短刀就不能用尿液来淬火了，虽然说也没有什么问题，可是这柄短刀在未来很长一段时间里将是云琅的吃饭工具，用尿液淬火虽然不错，但用尿液淬火后的刀子吃起饭来十分恶心。冰冷的山泉水就是一个不错的选择，云琅不知道自己打造的刀子是否适合用水淬火，虽然有很大的几率出现裂纹，他最终还是用陶罐取来了山泉水，将烧红的刀刃部慢慢地放进水里。刀子变得有些弯，这是热胀冷缩的结果。不可避免地，因为热胀冷缩，刀背向后弯曲，刀刃经不起拉扯，出现了十余道细细的裂纹。

看着云琅晦气的面容，太宰狂笑不已，眼见云琅的脸上已经出现怒容，才从石屋里拿出一柄用鲨鱼皮包裹的短刀丢给云琅，淡漠道："这是徐夫人制作的短剑，想必比你打制的破匕首强一些。"

云琅双手死死地攥着鲨鱼皮包裹的精美匕首，怨恨地瞅着太宰。

太宰莞尔一笑，指着云琅手里的匕首道："早就准备给你了，只是见你想要亲手打造一柄，就不好强人所难，现在给你也不迟。"

太宰给的匕首自然不是荆轲刺杀秦王时使用的那柄毒剑。从太宰的口中得知，荆轲刺杀秦王失败之后，远在赵国的徐夫人并未逃脱罪责。此时的赵国已经于一年前为秦将王翦所破，惶惶如丧家之犬的徐夫人自缚入咸阳，愿意终生为匠奴，换取一家存活。自此，秦宫多利器。

太宰丢给云琅的那柄匕首双面开锋，寒光闪闪，一看就不是什么吉祥的东西，也不知道徐夫人往匕首里面添加了什么材料，能跟铜产生反应，最终变成了硬质合金。云琅制作的刀子跟徐夫人制作的匕首碰撞了几次之后就变成了一把短锯。事实上，云琅最后就把那柄短刀做成了一把锯子，用来锯木头非常合适。

冬天就要到来了，只要看看红叶上厚厚的霜花，就知道这个冬天将会有多冷了。云琅的鞋子已经制作完毕，"难看、丑陋、别扭"这些词都可以形容这双鞋子。看世界一定要一分为二，这双鞋子除了难以忍受的丑陋之外，还有温暖、舒适、结实这些可以赞美的地方。尤其是系上带子之后，它就与云琅曾经见过的劳保鞋非常相似。六层狼皮组成了厚厚的鞋底子，然后被密密的麻绳牢牢地钉在一起，在外面包裹上一层烫掉猪毛的野猪皮，脚跟与前掌部位各钉上一块硬木，即便踩在水里，鞋子里面依旧能够保持干燥。

每回云琅穿着大皮鞋踩在新生的冰凌上，太宰的面容就变得非常难看。看得出来，他也非常想要一双。显摆够了之后，云琅就开始给太宰做过冬的衣衫跟鞋子。这是一个懂事的孩子必须掌握的技能，满足显摆的欲望之后就要懂得分享，否则就会招来很多人的怨恨。

对于穿裤子这事，太宰开始的时候是非常抗拒的，拗不过云琅的坚持，他勉为其难地试着穿了一次，结果穿上之后就再也没有脱下来过。按照他的说法，胡服骑射是赵武灵王跟野人学来的，不符合五大夫的穿着要求。好在大秦的骑兵也是这么穿裤子的，他觉得以自己的爵位至少可以在军中担任偏将，所以，穿这样的衣裳也不算是违例。云琅自然不会跟太宰争论，主要是他实在不忍心看到太宰被冻得发青的光屁股。关于鞋子，太宰一个字都没说，就在云琅的指挥下痛快地穿上了。常年翻山越岭的，他知道一双好鞋子能给他带来多少好处。云琅把裤子做得很长，这样太宰就能把裤脚塞进鞋子里，绑紧鞋带之后，裤子跟鞋子似乎就成了一个整体，再凛冽的寒风也吹不进去。

　　穿着云琅给他制作的衣衫在山林里对着野兽显摆了一天之后，归来的太宰就对这套衣裳赞不绝口："若是蒙恬大将军有这样的一套衣衫，驱逐匈奴野人于万里之外有何难哉！王上何至于遣发天下百姓修筑长城，弄得天下尽是累累白骨，以至于渔阳狐鸣天下皆反？"

　　太宰这样的忠臣这个世上可能不多了，始皇帝躺在前面不远处的陵墓里，不知道有没有感应。云琅觉得，如果他真的有灵，闻听有人在他死后犹自为逝去的大秦帝国尽忠，他足以骄傲一万年。一提到大秦，太宰就会潸然泪下并伤心难过整整一夜。

　　老虎现在根本就不往太宰身边凑，总喜欢腻在云琅的身边，除非不得已，它是万万不会靠近太宰的。即将入冬的时候，云琅在树林子里发现了一些苦楝树，剥皮晒干之后熬成了汤药，将老虎全身上下用苦楝皮药汁洗刷了七八遍，最终除掉了它身上的寄生虫。寒冷的冬天，可以跟老虎睡在一张床上，不但安全，还非常温暖。冬天的老虎皮毛如同缎子一般闪耀着金灿灿的光辉，只是云琅还要教会这家伙不要随便用舌头舔他，这家伙的舌头上满是倒刺，舔一口像是被砂纸摩擦过一般难受。

　　母鹿自然不能继续留在干净的石屋里，不要随地大便这种事调教了它无数次它都没有学会。

　　进入冬天之后，云琅每一天都过得无比充实，石屋子也在一点点地发生着变化。先是有了两张大床，床脚是粗大的木料，即便云琅与老虎同睡一床，也不担心会把床压塌。后来又多了一个巨大的木头架子，云琅用了一整天的时间，把所有的竹简、木牍堆放在上面。石屋的外墙上挂着满满一墙的腊肉，这都是老虎辛勤捕捉来野兽，被云琅宰杀并用盐腌制之后，就成了他们过冬的口粮。

　　太宰有一种奇怪的本事，那就是只要云琅提出要求，他总能办到，而且显得非常轻松。盐巴就是一例。盐巴在没有工业化生产的时候，从来都是金贵的货物，更别说在这个生产落后的时代了。可是，太宰一次性就给云琅扛来了满满一皮口袋盐巴，还是最好的精盐，雪白如霜。秋日的猎物很肥，云琅熬制了很多荤油，其中以野猪油最多，储存在一个半人高的罐子里，足够两人吃大半年的。石屋外面飘着雪花，云琅正在非常认真地从一堆发霉的白米中挑选可以食用的。这是一堆陈米，放置的时间应该很久了，旁边还有一些没有脱壳的谷子，只是没了金灿灿的颜色，变得有些暗黄，云琅搓开之后发现里面的米粒要比那些陈白米好太多了。

第一〇章 反汉复秦

山里的生活是富足的，这中间离不开云琅不懈的努力。干蘑菇、干野菜、腊肉、香料，他们的餐桌上甚至多了一个半瓷的盘子，这是云琅无意中找到了一点高岭土，试验着在柴窑里面烧出来的。当初找来高岭土的时候，太宰还说这种土可以吃。云琅当然知道这种土可以吃，只是吃过这种土的人最后都会死，它另外有一个名字，叫作"观音土"。太宰还兴致勃勃地跟云琅介绍了一些高人靠吃观音土最后成仙的经过，看得出来，他非常羡慕。云琅觉得，自己以后要是想弄死太宰，不用下毒，只要把高岭土磨成粉末给他吃就行了。太宰在云琅面前暴露的秘密实在是太多了，以至于云琅只需要做一点简单的归纳总结，就能判断出大部分的事实。不过，云琅现在没有做好出山与别人见面的准备。这是一个不同于他来处的世界，这里有这里的规则，对于这里的生存规则，云琅还太陌生了。一个与其他所有人都格格不入的人，在这个时代，被杀死是一个非常糟糕的结果。

在大雪封山的日子里，整理简牍，其实就是一个学习的过程。这里有堆积如山的简牍，每一片简牍的正反面都写满了文字。云琅辨识得非常困难，小篆的字体一个个非常相似，稍微不注意就会看错，看错一个字的后果是整部简牍的阅读顺序就乱了。没有什么比整天泡在简牍中学习小篆文字更快的方法了。

其实，整个屋子里的简牍上记录的内容，并不比一本半寸厚的书本多，里面的信息内容却广博得太多了。在简牍上写字很难，听太宰说，以前都是用刀子刻字，更难。于是，为了少费点制作简牍的时间，简牍上的文字就尽量简化，有时候简化得连作者自己都弄不明白。尤其是一字多用，这就要见仁见智了。后人为什么会对古代流传下来的学问有无数种解释？最根本的原因就是古人太穷，总要节约成本。太宰对云琅严谨的治学精神还是非常满意的，尤其是翻看了云琅按照图书馆分类法整理归类出来的简牍，觉得找寻需要的记录非常方便。身为大秦的太宰，他甚至要求云琅把这种方便的归类法书写在简牍上，好流传于世。

"就这个分类的法门，如果始皇帝还在，老夫就会谏言让你来充当陛下的值更官。"

"这是一个多少担的官职？"

"六百石！"

"能养活一家人不？"

"大秦的县令爵位大夫，一日精米一斗、酱半升、菜羹各一、肉食一盘，另有食邑百户、各色杂丝五匹。你如果就任陛下值更官，食料俸禄加倍，由于是陛下近臣，获得赏赐的机会要比旁人多得多。运气好，甚至有各国敬献的女子可以婚配。"

"如果大秦尚在，你呢？"

太宰脸上洋溢着光芒，一字一句道："若是始皇帝尚在，太宰的家门，等闲人不得入内。"

很明显，太宰说的等闲人，指的就是云琅这种可能担任值更官的小吏。云琅这是明显被太宰鄙视了,不过破落户都是这样,总拿祖上的荣光说事。

"现在外面的皇帝是谁?"

"伪帝刘彻!"

"我们要反汉复秦?"云琅觉得太宰想要推翻汉武帝的统治难度很大,如果反的是汉献帝他可能会参加,至于汉武帝……还是算了。

太宰并没有疯狂到忘乎所以的地步,他长叹一声道:"刘彻承父祖余荫,府库余粮堆积如山,旧米未尽,新粮又到,听说他的钱库里穿铜钱的绳子都腐烂了,只好堆在露天里。加之此人自幼聪慧,又懂得轻徭薄赋惠及万民,天时地利与人和他占全了,现在起事没有成功的可能。时机不好,我们只能继续蛰伏,静待天时。一旦风云变幻,我们就揭竿而起,重整我大秦江山。"

云琅认真地点点头,表示非常同意太宰的见解。认怂有时候是睿智行为的具体表现,尤其是在汉武帝面前认怂,云琅以为这是一种骄傲跟荣誉。在汉武帝时期谈反汉复秦这种话很没意思,两人很自然地将注意力放在快要熟的饭菜上。

云琅今天做的晚饭是大米饭跟蒸腊肉,配以干菜跟蒜瓣。陈米总有一股子馊味,这东西云琅在孤儿院没少吃,所以他在蒸饭的时候特意放了一点盐巴跟猪油,米饭蒸熟之后,米粒晶莹,饭香扑鼻。一指厚的肥猪肉被蒸得软烂,咬一口油脂四溅,唇齿留香。清亮发青的猪油往热腾腾的米饭上一浇,配上柔津津有嚼头的蒸干菜,虽然只有两个人,却吃出了千军万马的气势。

"呼……"两人同时丢下饭碗,不是因为吃饱了,而是因为陶罐里的米饭没有了,装在碗里、盘子里的菜也没有了。

"老夫错了,你更应该就任陛下的庖厨,而不是值更官。"

"这只是一道家常菜而已!"

"一道菜就足够。老夫来到世上的时候,大秦虽然已经没落了,我自幼在父亲的庇护下过的却是锦衣玉食般的日子。像今日这般痛快地食肉,却还是平生第一遭。唉,可怜的,如果不是因为那场内讧,这样的日子你也能过上。"

云琅摊开双手笑道:"我习惯了靠自己的双手吃饭,至少在我被天火劈中之前,我从来都是独自求生的。"

"如果不是看你身高八尺,有我老秦人之相,你早就被老虎吃掉了。"

"现在变小了。"

"知道什么,这是异人之相!"

云琅苦笑道:"我自幼孤苦,随着商队在大地上流浪,别人都说我是秦人,这还是第一次回到咸阳……"

太宰用极讽刺的目光看了云琅一眼,道:"不用编造了。"

"我说的都是真的。"

"且当你说的都是真的。这里是荒山野地,外面虫狼虎豹极多,反正你也走不出去,是不是真的有什么打紧?"

"你不信我还收留我?"

太宰幽幽地叹口气道:"这是天意……你是从晴空里掉下来的,是仙人吗?"

云琅摇摇头。

"鬼怪?"

云琅快速地摇摇头。

"那就是人了,一个从天上掉下来的人。"太宰说完就出去了,没给云琅任何解释的机会。

云琅想了半天,也没有想出一个合理的解释,有时真话比假话更像假话。

"喂,我是秦人,这丝毫不假!"云琅朝门外高声叫道。

"这就足够了!"太宰低沉的声音从外面传来,同时也带进来一股子寒风,将火塘里的炭火吹得明灭不定。

关中的雪下得很大,云琅还从来没在关中见过这么大的雪。都说"燕山雪花大如席"，这里的雪下得也不小，雪一层层地下，一层层地堆积，等到积雪快要与窗户齐平的时候，云琅与太宰就不得不出去铲雪。铲雪的过程很简单，只要把厚厚的积雪用木板推到旁边的悬崖底下就算成了。在铲雪的过程中，云琅还捡到了三只被冻僵的野鸡。最后一堆雪被云琅推下悬崖之后，太宰就站在悬崖边上，望着咸阳方向发愣。

"那里应该是咸阳吧？"云琅帮老虎掸掉脑袋上的白雪，刚才推雪的时候它非常卖力。

"被楚人一炬焚毁了。"

"项羽？"

"就是他。云琅，今后如果遇到项羽后裔，记得杀掉。"

"早就被刘邦干掉了吧？"

"一个偌大的家族如何会如此轻易地覆灭？他们跟我们一样，都是在蛰伏。从今后，项氏子弟就是你的仇敌，能答应吗？"

云琅瞅瞅悬崖外面白茫茫的世界，觉得自己遇见项氏子弟的可能性不大，遂点头道："见到他们就弄死，在茅厕遇见就溺死在粪桶里，在街道上遇见就弄死在大街上。"

太宰嘿嘿笑道："也好，反正你不杀他们，他们就一定会杀死你，你看着办就好。"

大雪连续下了三天，在这个过程中云琅跟老虎一起推雪推了三次。雪下得太大了，不远处的松林总能传来树干被积雪压断的吱嘎声。自从太宰发现老虎能帮着云琅推雪之后，他就没有动过一根指头，而是每日里兴奋地站在积雪被清除之后的院子里望着咸阳、长安方向，像是在看最吸引人的大戏，即便快要被大雪埋掉了依旧舍不得进屋子。只可惜，这场大戏并没有看多久。三天之后，大雪停了，天空中没有无一丝云彩，红艳艳的太阳挂在高空，照耀着这个洁白的世界。太宰是如此失望，他站在高大的石头上，挥拳向天空怒吼："贼老天，你因何如此偏爱国贼？"

他怒吼的声音很大，夹带着无尽的怨恨，声音在山谷里回荡，惊起一片雪崩。在白气弥漫中，云琅看到了太宰那对血红的眼睛，像要吃人一般。

第一一章 《太宰录》

　　直到现在云琅才确认,自己真的是来到了西汉。没有锥骨之痛的人是不可能发出这样痛苦的哀叫的。如果不是对大汉朝痛恨到骨子里,是不可能如此渴盼这个国家倒霉的。三天三夜的大雪,对向来干旱的关中来说,是一个福音。就这点积雪,撑不过冬天就会被黄土地完全吸收,并成为来年滋养禾苗的水分。当然,再下三天三夜,积雪就会阻绝交通,压塌房屋。大汉遭灾估计是太宰这个秦国的老臣最喜欢看到的美景。雪停了,太宰的精气神似乎也被抽掉了。他已经躺在床上一整天了,就连吃饭这种最享受的事情他也没有了兴趣。云琅跟老虎很开心,少了一个吃饭的主力,一人一虎依旧没有剩下什么东西。

　　母鹿这几天眼睛水汪汪的,总是早出晚归,应该是发情期到了。山里的梅花鹿很多,据太宰说,以前修筑阿房宫的时候,不论仙鹤还是梅花鹿,乃至虎、豹、狼、熊、巨蟒、大象、猪婆龙,园子里都有,数量之多,远不是现在汉国的上林苑所能比的。这里的野兽的祖先大都被猎夫驯服过,因此对人不是很畏惧。这话云琅自然是不信的。他相信阿房宫辉煌无比,里面的飞鸟虫鱼一定多得数不胜数。始皇帝穷搜六国珍玩、美人、珍禽异兽，征发数十万人修建的阿房宫，里面一定穷奢极欲。但是野兽的祖先被驯服过，以后的野兽就会跟人亲近？这也太唯心了吧？就他接触到的那几匹狼、豹子、野猪，好像没有一个是善类。提到大秦，提起始皇帝，太宰的智慧就会消失。和野兽相比，他才是被始皇帝驯化的那个。

石屋里面的简牍，其实就是大秦灭亡之后三代太宰所做的秦陵卫护记录。从记载中云琅得知，最初，负责卫护秦陵的人手有两千人之多。刘邦进咸阳之后，其中一千五百人战死在了咸阳，剩下的五百人继续护卫秦陵。然而，项羽进入关中之后，一把大火烧了阿房宫、咸阳，并派人穷搜关中，寻找秦陵所在地。这是太宰记录上最惨烈的一笔，五百秦陵卫士在与楚国密谍的交锋中逐渐凋零。其中有一百五十七人是在将要被俘的时候自戕身亡的，争斗现场惨不忍睹。这个争斗直到项羽在垓下被刘邦击败，自刎乌江之后才慢慢停止。刘邦是一个真正做好准备当皇帝的人，他对秦陵没有什么兴趣，而且开国的时候建都栎阳，秦陵这才逐渐退出了野心家们的视野。

一部《太宰录》就是一部守陵卫士的血泪史。

汉高祖五年关中置长安县，在渭河南岸、阿房宫北侧秦兴乐宫的基础上兴建长乐宫。高祖七年，营建未央宫，同年国都由栎阳迁至长安县，因地处长安乡，故名长安城，取意"长治久安"。八年前，秦陵危机重现。十八岁的汉皇刘彻下令修建上林苑，偌大的一个上林苑基本上占用了阿房宫的旧址，地跨三百里，辖长安、咸阳、鳌厔、户县、蓝田五县县境，内有灞、浐、泾、渭、沣、镐、涝、潏八水。很不幸，秦陵又被囊括。上林苑乃是皇家禁苑，又被雄心勃勃的刘彻当作训练羽林军的地方，于是又有大批巡山猎夫、军卒出入其中，给秦陵带来了新的危机。跟太宰一起守卫秦陵的本来还有十六个秦陵卫士的后代，在这八年中逐渐消耗殆尽。在遇见云琅之前的一个月，太宰最后的一个伙伴也被猎夫设下的陷阱杀死，现在仅剩下太宰一人孤独地守卫着沉睡在地下的始皇帝。

云琅放下最后一片简牍，长叹一声，心中所有的疑惑都有了答案。太宰不是太相信他这个突兀的方式来到骊山的人，而是没有其他任何选择，如果没有新人加入，秦陵卫士将会彻底灭亡。云琅能想得到，在太宰最绝望的时候，天空中蓦地掉下一个黑乎乎的人来，这是神迹啊，是始皇帝派来帮助他这个孤独绝望的臣子的援兵。即便这样，小心谨慎的太宰同样守在一边观察了云琅一天一夜，直到他发现自己再不出现云琅就会被野兽吃掉的时候才现身。太宰不在乎云琅是谁，只要不是汉国奸细就好，这几乎已经是他要求的最低限度了。

太宰眼看着云琅整理完毕了最后一根简牍，沉声道："看完了？"

云琅点点头道："明白了，我是第五代太宰是吧？"

"我死之后你才是。"

"我明白，我现在没有别的路能走了，要是不当太宰五代，你的宝剑就会砍掉我的脑袋。你放心，我会留在这里守卫王陵的，不是因为我害怕你砍我脑袋，而是因为我现在没事做，给自己找点事情做才能保证我不发疯。"

"你不来，我说不定已经疯了。"太宰红着眼睛沉默了良久，又道，"即便你以后守不住寂寞想要离开，也请你莫将王陵所在告诉他人。否则，我等即便成了阴魂也会取你性命。"

阴魂索命是最无奈、最没有威胁性的恐吓。云琅不想让太宰失望，认真地点头道："我以云婆婆的在天之灵起誓，王陵的秘密只会藏在心中，在找到合适的继承人之前，永不对他人泄露，否则，万箭穿心而死。"

太宰露出了满意的笑容，随即皱眉问道："云婆婆是谁？"

云琅翻着眼睛道："一个比我性命还要重要的人，已经故去了。"

太宰歉疚地朝云琅施了一礼，他觉得自己刚才的问话非常无礼。

"从明日开始跟老夫学搏斗之术。"

"没问题，我也不想一出现就被猎夫们给干掉。另外，你也给我弄点书回来看啊，不论什么书都成，我现在认识很多字。"

"你本来就认识很多字！"

太宰哼了一声之后就重新躺在了床上。

大雪封山，外面天寒地冻，云琅想要给自己打几样合用的小工具都不成，只好待在屋子里教老虎识字。老虎今年只有三岁，非常聪明，在肉干的诱惑下，不到二十天的时间就能从一数到八了。云琅极度怀疑，这家伙其实能数更多的数，只是懒得张嘴号叫那么多声而已。老虎识字、数数这种事情已经超出了太宰的认知范围。不过，老虎能按照云琅的指令去做相应的动作，这些太宰还是能理解的。

云琅很聪明，非常聪明，不论读书，还是做其他事情，没有他拿不下来的，唯独到了练剑术的时候，他就成了蠢货。好好的杀人剑术，到了他的手中比舞蹈还要好看些，唯独不能杀人。就在太宰担心云琅在猎夫们的手下活不过一口气的工夫时，云琅用外面的打铁炉子打造了一柄小巧的钢弩。这柄钢弩只有一尺宽，加上弩箭的滑槽，也不过一尺长。不过，云琅将一根无尾铁刺装进滑槽，扣动了机括，嗡的一声，钢铁振鸣声刚刚响起，三丈远的大树干上就多了一根黑黝黝的铁刺，且入木三寸。眼见云琅将弩弓指向了他，太宰遍体生寒，他没有任何能够躲过铁刺的把握。直到云琅将弩弓交到他手上的时候，太宰背后的冷汗才涔涔地冒出来。

勉强收摄心神，太宰学着云琅的样子扣动了机括，同样的一声嗡鸣过后，树干上又多了一根铁刺。

"这是近战之利器！"

云琅接过钢弩，敲敲弩臂，遗憾道："本来应该用软钢制作，只可惜没有合用的物料，软钢做不出来，只能用硬钢。弓弦也不好，熊腿上的大筋多少有些弹性，不能发挥最大的力量。"

"足够了！"太宰斩钉截铁。

"你最好给我多找些金铁来,我试验得多了,说不定能找到最合适的物料。"

太宰从云琅那里取走了十二根弩刺,就踩着厚厚的积雪走了,从头到尾都没有再提交还弩弓的事情。

云琅被老虎追得很惨。跑步这种事情,一定是要有动力的,太宰在云琅的脸上涂满了猪油,一个作用是防冻,另一个作用就是引诱老虎舔舐。老虎的舌头上有一层白绒绒的倒刺,平时是用来清理毛发跟骨头上的残渣的。任何人被老虎舔了一次之后绝对不愿意再被舔第二次。别人家的老虎越养越凶悍,云琅养的老虎越来越像狗。被三百斤重的老虎扑倒并且被它把上半身的重量全部压在身上,那种窒息的感觉,让云琅忘记了老虎舔脸的痛苦。脸上的猪油没有了之后,老虎一个虎跃就从云琅的身上跳走了,留下瘫在雪地里并呈大字形的云琅。

云琅觉得,武艺练不好,跑步就一定要练好,打不过别人,一定要跑赢别人,这东西应该很管用,紧急的时候就要靠它救命。在山林里跑赢老虎,这是一件根本就做不到的事情,每次赛跑他都被老虎虐得很惨,但依旧乐此不疲。老虎也是这么想的,只要云琅往脸上涂抹猪油,它就非常兴奋地在一边走来走去,就等着云琅跑远之后它再追上去。

第一二章 做一个博学的人

打铁、跑步、被老虎虐、被太宰夸赞、被母鹿当作依靠，就是云琅目前的生活。日子过得非常充实，根本就没时间去感受什么孤独。再加上太宰不知道从哪里找来的简牍，更是把云琅最后的空闲时间都给压榨干净了。

唯一的苦恼就是，简牍全部是用大篆写成的，大篆比小更加难懂。不是因为它有多么复杂，而是这东西非常考验眼力。大篆也叫作"籀文""象形文"，字体繁复，稍微一走神就会看错，不像后世的文字，顺序的对错并不怎么影响阅读体验。靠字形来判断含义，阅读的速度如何能够快起来？不懂的地方向太宰求教，太宰总能给出答案，求教的次数多了，云琅发现，太宰居然也是靠猜的。因为没有字典一类的东西可以做对照，太宰非常心安理得地糊弄云琅。靠猜想来认字的最大缺点就是得出来的结论大多为胡说八道。云琅相信，在李斯他们弄出小篆之前，认识大篆的人应该很多。学问从来都是一种昂贵的高级货，投入一生精力去研究的人历朝历代都层出不穷。聪明的云琅拿出几篇不同的文章，然后对照里面相同的字，先一个个对照，最后才确认它们是主流，然后才庄重地写在新的木牍上,并标注了对应的隶书。这相当于编纂字典,是一个水磨功夫,需要非常长的时间。

冬日里的山林是安静而且祥和的,残雪变成冰层之后,青色的雾岚就笼罩了山林。一个蒙面皮衣少年突然从一条小路上蹿出来,不等站稳,踩地的那只脚又开始发力,踏碎薄冰身体前倾,随着腿弯伸直,他的身体再一次箭一般射了出去。紧跟着,一头斑斓猛虎悄无声息地在他身后出现,庞大的身躯凌空飞起,碰落了树枝上残留的落叶。前伸的两只大爪子几乎要碰到少年的后背。少年不惊不慌,本来向前狂奔的身体在平地上突兀地转了方向,让老虎扑了个空。眼看着老虎重重地扑进了枯草堆中,少年大笑了一声,沿着崎岖的小路向尽头狂奔。老虎把脑袋从乱草堆里拔出来,一巴掌就把站在一边看热闹的梅花鹿拍翻,继续盯着少年的背影紧追不舍。

石屋就在眼前,云琅再一次加快了奔跑的速度,无论如何他今天都不想让大王的舌头再落在他的脸上。这家伙昨日里弄死了一头野猪,吃掉了整副内脏,包括野猪还没有排泄掉的大便。虎啸山林,绝对不是夸张,身后传来的虎啸有摄人魂魄、吓破人胆的力量,云琅明知道这是大王在耍赖,脚底下依旧不由自主地停顿了一下。不等他第二次发力,一股凌厉的风推着他向前迈出了一步,重心没了,他被向前的力道推着摔在了地上。他刚刚做完蜷身动作,一只沾满了泥水的大爪子就重重地按在他的脑袋上。老虎熟练地把他翻过来,巨大的虎头贴在他的脸上,红里泛着黄白色的舌头开始舔舐他的蒙面布上的猪油。

吃完了猪油的老虎就对云琅没了什么兴趣,懒懒地虎蹲在地上,巨大的肚皮起伏不定,刚才这一段剧烈的运动,对它这个山中之王来说也不轻松。

"你居然耍赖抄近路!"

云琅愤愤地从地上爬起来冲着老虎大吼。

老虎张嘴嗷地叫了一声。

云琅怒道:"只有那么一点糖,我还做个屁的红烧肉!"

老虎似乎知道自己理亏，用大脑袋蹭蹭云琅的肋下。云琅没好气地用力推开，打一声呼哨，那只被老虎拍翻的母鹿就哒哒哒地跑了过来。淡青色的薄雾沾在露在外面的皮肤上，针刺一般疼痛。云琅快步奔跑起来，想快点进入温暖的石屋。这鬼天气，如果不是一大早被太宰丢出来，他无论如何都不会自虐。

云琅回到石屋之后，发现石屋里面非常诡异。太宰端正地坐在火塘边上，头戴白色鹿皮做的皮弁，身穿素服，腰系葛带，手持榛木做成的手杖，威严如神祇。见云琅带着老虎、梅花鹿回来了，他指着床上的一身屎黄色的衣衫要云琅穿上："今日蜡祭，我替始皇帝祭天，你着民服。"

云琅点点头，没有半分犹豫就穿好了那身难看的衣衫，戴好了斗笠，这两样东西都象征着秋季之后草木的颜色，"草民"一说就有这个因素在里面。大秦帝国没有过年这一说，每年是从十月开始的，九月为一年的终结。本来大秦之前的历法不是这样的，始皇帝信奉"五德终始说"之后才变成现在这样。这是标准的随着农作物的生长周期制定的历法。云琅认为入乡随俗很重要，没必要非在这个时代过什么年。这里只有两个人，太宰要扮演皇帝，云琅就只好扮演草民，至于另一个重要的角色——尸，就只好交给老虎了。

"土返其宅。（夯土不要乱跑，乖乖地待在屋子地基上。）水归其壑。（水都要回到沟里，不要漫出来。）虫祟勿作。（害虫都去死。）草木归其泽。（杂草、荆棘请长到水里，不要来田里。）"

仪式非常简单，太宰唱一句，云琅跟着唱一句，最后两人合唱一遍就算是结束了。老虎是最舒服的，虽然脑袋上戴着荆冠，脑袋跟前的小桌子上却堆满了云琅昨日就备好的冷猪肉。尸是蜡祭中最重要的一环。这是因为鬼神们"听之无形，视之无形"，他们回到生前的家里后，抬头看椽子，低头看几案，那些用过的器皿还在，自己却不在了，就会感到空虚寂寞冷，所以需要由尸代替他们吃饱喝好。总之，在这个大型的蜡祭活动中，老虎的角色最好。

按照太宰忧伤的说法，等到祭祀结束，钟鼓等乐器暂停，祝宣布祭礼结束,神灵都喝醉了,就该回到天上了。这时乐队再次敲起钟鼓,送尸和祖先的灵魂踏上归程,庖厨、侍女们撤下祭品,大家开始准备宴饮。为此,他还忧伤地唱了《诗经·小雅·楚茨》:

……礼仪既备,钟鼓既戒,孝孙徂位。工祝致告:神具醉止。皇尸载起,鼓钟送尸,神保聿归。诸宰君妇,废彻不迟。诸父兄弟,备言燕私……

享受过好日子之后,就很难再吃糠咽菜。云琅陪着太宰喝了一大碗酸溜溜的所谓的酒之后,就埋头吃饭,听太宰讲那过去的事情。

"老夫总角之年,祖父未亡,童仆尚有百二,每逢蜡祭,家中热闹非凡。蜡祭宏大,非我等今日之惨状可比。祖父酒醉痛苦,捶胸顿足,满座宾客无不痛恨赵高、李斯之流。断我大秦基业者赵高也,害我百二秦关尽落敌手者章邯也,此二人皆为国贼,当断子绝孙以儆效尤。云琅切记,他日一旦相逢二贼后裔,诛之,诛之!"

太宰说一句,云琅就答应一句,总之,项羽、赵高、章邯的子孙不是死在茅厕里,就是死在街道上,且死法大不相同。陪喝高的人,云琅非常有经验,他们这时候说的话基本上是屁话,只要点头,他们在酒精的作用下兴致就会更高,能讲出更多的埋在内心的秘密。云琅不敢借酒套话。天知道这种比醪糟还淡的酒能不能把太宰灌醉,要是这家伙耍酒疯反过来套话,那就麻烦大了。事实证明,太宰的酒量一点都不大,一连喝了七八碗醪糟之后他就醉了,躺在地上装死狗不肯起来,一个劲地说林子里有尸,他好怕,要耶耶抱他。云琅费了很大劲才把太宰搬到床上,瞅着鼾声如雷的太宰,思绪万千:这个老家伙终于放下了防备的心思。

喝酒不是太宰这么喝的。尤其是这个时候的酒里面满是酒糟,这东西进到嘴里又酸又涩，必须用筛子过滤一遍烧热了喝。筛子云琅有，他细心地筛出漂浮在酒浆里面的酒糟，然后把酒倒进罐子里，挂在火塘上烧煮，又往里面添加了一点糖霜，这才用双手抱着膝盖坐在火塘边瞅着暗红色的炭火发愣。

喝酒的时候，情绪就是最好的下酒菜，高兴的时候能饮酒三升并且豪迈异常，怀揣徐夫人之匕刺秦都不算大事；痛苦的时候也能痛饮八斗，而后见着什么悲什么，最后吟诵出千古悲剧。最没意思的就是在情绪不好不坏的时候饮酒，喝着喝着就觉得酒好难喝。云琅现在的情绪就不好不坏，他准备酝酿一下，总要高兴起来，或者悲伤起来。白日高悬，还不到下午，云琅就醉倒了。没什么酒味的酒，就像最不要脸的刺客，在你不知不觉中就把你放倒了。

太宰翻身坐起，古怪地看着酣睡的云琅，良久，叹了口气，重新睡倒。

第一三章 大王派我去巡山

太宰拿来的酒根本就不是什么好酒,除了味道难令人以下咽之外,后劲还非常猛烈。口干,头痛,身体僵硬,嘴里的气味难闻。老虎刚刚把鼻子凑近云琅的脸,就被一个长长的隔夜酒嗝熏得摇头晃脑,用爪子挠了很长时间的鼻子,才安稳下来。

"哆、哆、哆……"云琅被极有节奏的劈柴声给惊醒了。他掀开身上的兽皮,趴在窗户上向外看。

太宰劈柴的样子非常像贵族:身体坐得笔直,每一根劈柴都被他端端正正地摆在木桩子中心,而后他手起斧落,大腿粗的树干就被均匀地从中间劈开,松香弥漫。每根劈柴他只劈砍三斧头,多一下都不砍。他的身边已经堆积了一大摞木柴,看样子已经干了很久的活。他头上的纱冠虽然破旧,却一尘不染,两条被汗水浸染得发亮的带子依旧紧紧地束在他的下巴上,一丝不苟。

云琅悄悄地缩回脑袋,没有打扰太宰,他希望太宰能把剩下的木柴全部劈开,最近他喜欢烧东西,需要的木柴量非常大。宿醉的人就该好好休息,只是昨晚睡得太多，现在有些无法入眠。就知道太宰不可能被那么一点酒灌醉，太宰大半夜瞪着眼睛瞅了他好久的事情，云琅心知肚明。其实无所谓，人跟人相处的时候总有一段磨合期。云琅是太宰最后的希望，也是他想要建立亲子关系的最重要的一个人，小心一点、谨慎一些也没有什么不对的。云琅可没指望自己从一开始就成为太宰心中最重要的那个人。

外面很冷，兽皮里面很暖和，云琅哪怕睡不着也不想到冰天雪地里面去。今天空气清冽，视野极开阔，云琅躺在床上，透过洞开的窗户就能看见远处的秦陵。这座山丘是如此突兀地矗立在平原上。骊山是秦岭北麓的一个支脉，传说此山因山体像一匹骊马而得名。山峦与沟壑相间，构成了一条条南北走向的山谷，并由此发育出了一道道河流。南靠骊山，北临渭水，始皇陵就在骊山南山脚下，高大的封土堆与骊山南部悬崖紧紧连接，最终，骊山与始皇陵完美地融合成了一体。这在后世也是极为浩大的工程，云琅很难想象秦人是怎么用简陋的工具将一座悬崖变成山峦的。云琅参观过兵马俑，却没有见过秦陵，或者说后世就没有人见过秦陵。在云琅来这里之前，秦陵上草木葱茏，封闭如昨。

太宰在山中一定还有别的住处。两千人跟两个人的居住地是有很大区别的，而且也无法解释为什么太宰能弄来云琅想要的所有东西，包括糖。据云琅所知，在秦汉时期，只有楚地有最原始的蔗糖，这东西在这个时代只有皇帝才有资格享用，除了楚地，外面是没有的。所以啊，太宰这家伙其实对他的始皇帝没有他所表现出来的那么尊敬，至少，这家伙敢从陵墓里拿东西就是一个明证。这个问题同时也说明了一点：始皇陵至今还留有进出口。听说始皇陵的穹顶上布满了宝石镶嵌成的日月星辰，地上布满了用水银制作成的江河湖泊，美不胜收，云琅很想去看看。云琅直起上身，瞄了一眼依旧在砍柴的太宰，这一刻，太宰身上的迷雾全部散尽了。一个人是经不起琢磨，尤其是经不起一个身边人琢磨的。最厉害的骗子也没有办法蒙骗所有人，这是一个定律，且坚不可破。

喜欢吃白米饭的老虎很麻烦。它偶然间品尝了白米饭之后就爱上了这个东西，只要有白米饭吃，吃不吃肉对它来说似乎都不是很重要了。老虎当然是吃肉的，就它那一嘴尖牙，咬白米饭简直就是杀鸡用牛刀。只是这家伙有些不知好歹，只要云琅跟太宰开始吃饭了，它就丢下自己嘴边的肉食不吃，专门跑过来蹭云琅的白米饭吃。太宰那里老虎从来不去，只要靠近太宰一米之内，它就会被太宰粗暴地踹出去。

"你看，不多了，就剩一小口了，我还没吃呢，你就不能好好地吃肉吗？"云琅竭力护着自己的饭碗，把老虎的脑袋向外推。

太宰抬头看了一眼老虎，老虎愣了一下，立刻乖乖地趴在地上吃它没有吃完的生肉。

"宠溺不可过甚！"

云琅点点头，快速地将碗里的白米饭吃完，还冲着老虎亮亮碗底。老虎失望地低下头，有一口没一口地吃着自己的肉。

"端月过后就是春天了，你想不想陪我去巡山？"

云琅愣住了，抬起头瞅着太宰道："你前些日子还说不到时候。"

太宰落寞道："是时候了，开春就会有猎夫上山，我一个人应付不来。"

"猎夫们的目标是始皇陵？"

太宰摇摇头道："他们的目标是山上的野人。"

"野人？这山上有野人？"云琅惊讶地站了起来，他对这个太有兴趣了。

太宰依旧冷冰冰地看着他，眼睛一眨不眨。

云琅抓抓长出来不到两寸的头发，难堪道："我们？我们是野人？"

太宰面无表情道："上林苑是伪帝刘彻游猎、练兵之所，更是刘氏皇族饮宴聚会之地，原有百姓全部迁往他处，剩余流民之属被收编并登记在册，成为宫奴。其余不在皇册的浪人，自然就成了野人。"

"难道不是以礼为衡，来确定一个人是不是野人的吗？"

太宰冷哼一声道："这话是孔丘说的，可不是伪帝刘彻说的。刘彻认为我们是野人，我们就一定是野人！他虽是伪帝，一样出口成宪。"

"我不想当野人。"云琅的脸色很难看。

"成啊，你就告诉那些猎夫你是流民，等他们把你送到上林苑少府监领了赏钱之后，你就成为上林苑宫奴，劳作至死。"

"宫奴不纳钱粮，不服劳役……如果不是被压榨得太厉害的话，似乎比农夫好。"

太宰叹息一声道："这话还是有些道理的，在王的庇护下，确实可能比山野百姓好些。只可惜，一人为奴，便代代为奴，儿女皆操贱业，再无出头之日。"

云琅笑道："当了农夫除了更苦之外，恐怕也没有什么出头之日。"

"因此，你一定要抱着自己士人的身份不能丢，一旦丢了，便将成粪土。"

"咱们是大秦的士，在汉国估计会被砍头吧？"

太宰鄙视地看了云琅一眼道："被斩首的士，也比荒野草民高贵一万倍。"

这就是抬杠了，话就没法子说了，一个说生命，一个说阶级，根本就格格不入。不过，跟随太宰巡山这事已经敲定了，云琅必须做很多的准备，要不然把性命丢了那就太惨了。

云琅最近有丝绸内裤穿，太宰也有了同样的东西。丝绸虽然也是旧的，是一面巨大的丝绸帷幕，原本厚重的暗红色已经褪色很多了，却依旧结实。大红色四角内裤跟内衣，终于让云琅丢弃了那件死人衣服。其实云琅心中是有疑问的，既然太宰能弄来旧的丝绸，当初干吗要砍死一个人抢一件脏衣服回来？这个问题不好问太宰，云琅最后还是把这样的悲剧归结于人类的不信任感。丝绸可能会泄露一些信息，太宰根本就没打算给。丝绸这东西织造得非常细密，把七八层丝绸缝在一起，应该能制作一件抵挡箭矢的东西吧，即便不能，至少能减轻伤害。太宰有一件很厉害的软甲，听说是用夔龙皮制成的，刀枪不入，水火不侵，这家伙从不脱这件皮甲，因此，云琅也没有见过。

夔龙长什么样子？云琅只见过夔龙纹。太宰拿来的简牍版《山海经》是这样描述的："状如牛，苍身而无角，一足，出入水则必有风雨，其光如日月，其声如雷，其名曰夔。"云琅知道这个时候剑齿虎跟猛犸象都已经灭绝了，不可能还有长相这么奇特的家伙存活。云琅没有夔龙皮的软甲可以用，只好在油灯下匆匆地为自己赶制丝绸背心跟丝绸护腿。为了保证这东西有效，云琅特意多加了一层，这样他的丝绸护甲就足足有七层。冬天的骊山寒气逼人，即便开春了也暖和不到哪里去，虽然穿上这两样东西之后云琅整个人都不好了，他还是咬牙穿上，至少，很暖和。

骊山阳面的残雪化尽了，云琅期待已久的春天也就到来了。钢弩挂在胳膊上，抬手就能发射；徐夫人制造的匕首插在绑腿上，伸手就能够到；一柄青铜长剑死沉死沉的，太宰却一定要云琅背上。豹皮帽的样式像雷锋帽，精美的薄兔皮手套也被他装备到了身上，再加上熊皮外衣跟裤子，他觉得被那些猎夫当成狗熊的可能性要比被当成人的可能性更大。太宰盯着云琅把一些类似钩索的东西挂在肩上，犹豫了很久，最终还是默许了。

第一四章 羽林郎

"你这样的人能活很久!"见证了装备的重要性后,太宇由衷地感叹——走过了两个山头,云琅摔倒了七八次,每次摔得看似很重,可是他总能在第一时间站起来,他身上的衣服给了他非常好的保护。

"您赶紧向咱们历代太宰祈福吧,让我活得越久越好,只有这样,才能长久地保护始皇帝的陵墓不受外人侵犯。"

裤子穿太厚的结果就是两条腿总是打磕绊,这同样需要适应。只是衣服太厚且密不透风还有另外一个坏处,那就是太保暖。云琅的一张小脸变得红扑扑的,如同一个红苹果。把"雷锋帽"卸掉之后,脑袋上的汗水往下流,热气遇到冷气,他的脑袋就像是一座将要爆发的火山,正冒出袅袅的蒸气。一路走,一路拆卸装备。老虎是一个无怨无悔的好帮手。走过第三个山头的时候,云琅身上就剩下弩弓、短匕首跟一把长剑,至于皮衣,他也早就脱下来放在老虎的背上了。丝绸是一个好东西,不但透气还保暖,最重要的是它能快速地将身体产生的水汽散发出去。即便七层丝绸叠在一起,也没有一件皮衣厚。

翻过第四个山头，树林就逐渐变得稀疏起来，山坡上是大片大片一人高的茅草。云琅跟在太宰的身后前行，而老虎早就不见了踪影，只要色彩斑斓的老虎走进枯黄的茅草丛，如果它不动弹，你即便从它身边走过也发现不了。太宰分开一丛茅草，脸色凝重。云琅上前一看，一串清晰的脚印出现在早春刚刚化冻的土地上。脚印明显不属于云琅或者太宰，他们两人的脚印，几乎与所有汉人的脚印不同，毕竟，那样的鞋子只属于他们两人。

"这是诱饵……"太宰缓缓地后退。脚印尽头就是一处低矮的松林，松林黑黢黢的，看不清里面的动静。

"至少三个!"太宰凝重的表情让云琅变得紧张起来，毕竟，这是一场真正的殊死搏斗，不是云琅在后世玩的那些对战游戏。

云琅跟着太宰绕着松林走了半圈，太宰单膝跪在地上，回首看一眼高大的秦陵，然后把目光盯在前面不远处的一条小路上。看样子要打伏击战了，云琅卸下挂在胳膊上的钢弩，学着太宰的样子单膝跪地，这样的姿势最方便弩弓射击。云琅对自己藏身的茅草地非常感慨，这片土地他非常熟悉，在他们的脚下应该就是在后世声名赫赫的兵马俑陵墓坑。自从始皇帝的陵墓开始在这里建造之后，方圆五十里之内就不再有人烟与农田。七十年未曾耕作，这片肥沃的土地已经回归了原始的模样。

对面的草丛里传来窸窸窣窣的声响，太宰的眼神变得犀利起来，身形却缓缓地下压。一个满是草芥的乱蓬蓬的脏脑袋慢慢地出现在草丛里。他先是静静地听了一会，没有发现异常，就拖着一柄短木叉，走出草丛。他的腰上挂着两只死兔子，春寒料峭的日子，脚上仅仅穿着一双草鞋。不知为什么，他故意站直了身子，来回走动，还咳嗽两声。等了一会，没有发现危险，草丛里又陆陆续续冒出七八颗脑袋。为首的大汉笑道："趁着没被猎夫们发现，早点回去，这里的兔子真是又大又肥。"其余的汉子也都跟着哄笑，每个人身上都挂满了猎物，其中以野鸡跟兔子最多。

太宰眼中的杀气非常浓重，手却非常稳当，眼看着这群人说说笑笑将要离开弩箭射程，他依旧一动不动。直到这些人走远了，云琅才轻声问道："这些人也是野人？"

太宰收好弩弓坐在茅草上道："是野人，可能是附近的强盗，冬天的存粮吃完了，就来这里打兔子跟野鸡果腹。你有没有发现什么？"

云琅笑道："他们中间只有最早出来的那个大汉脚上穿着一双破草鞋，我们发现的那个脚印不是他留下来的。除了我们，这里还有人。"

太宰笑了，指着云琅道："你如果永远这样聪慧机智，真的会活很久。"

太宰的话音刚落，就听到前面不远处传来一声惨呼。太宰脸色一变，迅速地将云琅的身形压低，两人匍匐在地上。惨呼声接二连三地传来，云琅透过茅草的间隙赫然发现刚刚走过去的那个大汉正沿着小路狂奔，两边的茅草丛里偶尔传来一声战马的嘶鸣声，高大的茅草波浪一般向两边分开，一匹高大的战马霍地出现，在马上骑士的催促下沿着小路狂奔。云琅看到，马上的骑士扬起了手里的长矛，并没有做多余的动作，只是单手握着长矛，在战马超过那个大汉的时候，长矛轻松地破开他的脊背，从前胸穿了出来。骑士甚至还有时间探手从大汉的前胸拽出沾满鲜血的长矛前部，等战马跑远之后，长矛也被骑士完整地抽了出来。大汉的身体踉跄着向前狂奔几步，颓然倒地。骑士掉转马头，缓缓来到死去的大汉身边，用长矛扒拉一下死去的大汉，骑着马站在一边，似乎在等候什么人。马蹄嘚嘚，一匹更加高大健壮的战马缓缓地从小路上走过来，云琅首先看到的就是一丛足足有一尺多高的红色羽毛。

"羽林郎！"太宰痛苦地呻吟一声。

头盔上插着羽毛的骑士看了一眼倒地的大汉，对站在路边的骑士吼道："王炼，区区一介蟊贼，你竟然用了十二息才将之斩杀，日后陛下要我等鹰犬为之效命之时，你可堪用？"

马上骑士抱拳大声道："王炼知错，今后当勇猛奋进，不辱羽林之名，请郎官责罚。"

羽林郎满意地点头道："阵前踌躇，贻误战机，赤背三鞭以儆效尤。"

"诺！"

羽林郎见骑士领命，这才换上一张笑脸道："这是你第一次杀人，难免会有些紧张，好在你过了这一关，以后就不会踟蹰不前。"说着还在与他并辔而行的骑士肩膀上重重拍一下，说说笑笑地离开了。至于地上的尸体，他们连多看一眼的兴趣都没有。

不等云琅开口问，太宰的身体却再一次伏地，拖着云琅一起趴在地上。云琅连忙四处观望，只见从先前寂静一片的黑松林里慢慢走出四个穿着裘皮的大汉来。

为首的一个大汉踢一脚地上的尸体，哈哈大笑道："羽林郎不稀罕的东西，没想到被我们兄弟轻易地捡了便宜。早知道羽林郎会来，我们费那么多的心思做什么？"

另一个雄壮大汉道："周庆，小心些，羽林郎不要的东西，也不是我们能捡便宜的，莫为了一点赏钱丢了脑袋。"

周庆鄙夷地哈了一声道："谁不知道羽林郎高贵无匹？他们岂会与我等腌臜人计较？我等埋伏在林中捉野人，羽林郎岂能不知？定是看我等勤于公事，留下尸体让我等领赏。"

云琅与太宰二人静悄悄地待在原地，看着这些猎夫割下了尸体的脑袋，尸体腰上的兔子也被卸下来，挂在猎夫腰间。猎夫们走了，如果云琅想去前面看看的话，那里还有几具没有脑袋的尸体。

中午的时候，云琅与太宰坐在茅草丛里吃久违的午饭。云琅煮熟的肉块很大，味道也好，只是这时候吃起来，让云琅有一种如同嚼蜡的感觉。很长时间不见的老虎，吃饭的时候准时来到他们的身边，背上的革囊却不见了，爪子上隐隐有血迹，还有一些碎布条。云琅掰开老虎的嘴巴，没看见牙齿上挂着肉丝，这才把手里的肉块塞进了老虎嘴里充当奖励。他知道太宰今天带他来的目的，这是老师带学生实习的办法，先看清楚身处的环境有多么险恶，然后才会放手让学生自己去历练。

"看样子羽林郎目的在于训练，那些猎夫是怎么回事？他们怎么可以把人当野兽一般追捕？"

太宰把最后一点肉放进嘴里慢慢地嚼，等到完全享受完吃肉的快乐之后，才擦擦嘴道："流民不是人，这一点你要记住。流民就是不被官府认可的人，这一点你也要记住。见到流民的那一刻你最好先动手，否则就轮到他们朝你下手了。知道吗？"

云琅摇摇头表示不解。

太宰皱眉道："老夫不知道你以前生活在一个什么环境里，让你养成了看所有人都是好人的坏习惯。你的长辈，你的先生，教会你读书识字，教会你打铁、缝衣、治器，甚至还教会了你高超的庖厨本事，你每样都做得很好，教你这些本事的人都是真正的高人。他们为什么唯独没有教你人心险恶这件事？"

"孟子说人本善，荀子说人本恶，我们觉得人性在最初没有善恶之分，善恶只是后天行为造就的结果。所以每一个人都可能是善人，也都可能是恶人，要靠律法来约束人们的行为，从而保护善人，抑制恶人。"

太宰奇怪地看着云琅道："你们把儒家想法与法家手段齐头并进地使用，没有问题吗？"

云琅摇摇头道："没有，儒家育人，法家管束人，两者各有千秋，难分上下。"

太宰笑道："你们倒是一团和气。"说完就摇摇头，似乎觉得不可思议。

第一五章
人俑的骨架

刚刚吃完肉的人，看到被野兽撕咬得乱七八糟的残尸，多少都有些反胃。当然，反胃的人只有云琅一个，太宰面无表情，看这些残尸跟看一堆木头没区别。老虎总是想靠近去嗅嗅，浓烈的血腥气有点激发出它的野性了。好在这家伙还是忍住了，蹲坐在云琅跟太宰之间左顾右盼。羽林郎不见了，猎夫们也不见了，云琅、太宰两人穿过偌大的荒原，一个外人都没再看见。

太阳西斜，挂在山巅上。早春的白日很短，再过半个时辰太阳落山之后，大地将一片昏暗。这里距离秦陵已经很近了，可以说两人已经站在厚重的封土之上了。秦陵完好无损，没有盗洞，连大一点的老鼠洞都没有。太宰一脚跺在一个细细的孔洞上，用力地把这个孔洞彻底踩瓷实，最后还小心地用脚碾上一碾。常年累月地走这条路，原本没有路的荒原上就多了一条小路。不过，这条小路掩映在茅草中，不仔细看很难发现。或许是天将要黑的缘故，太宰的步伐很快，沿着小路向骊山脚下走去。再向前走，就是一条不算大的溪流，春日消融的冰水寒意透骨。

小路在溪水边彻底地消失了，云琅随着太宰踩在鹅卵石上溯流而上。越往上走，鹅卵石就越密集，脚踩在鹅卵石上，最后的行走痕迹也消失得无影无踪。水边有一道不高的石壁，太宰猿猴一般轻盈地攀上石壁，从高处扯着一块岩石飞身落下，他的身体降落得很慢，云琅看得清楚，他的手上抓着一条细细的链子。等太宰落在地上，偌大的岩壁似乎抖动了一下，却没有多大的声响传出来。太宰丢开手里的锁链，不等锁链收回去，双手按在石壁上，用力一推，巨大的石壁竟然缓缓地向后退去，一道三尺宽的黑暗缝隙出现在两人的面前。老虎熟门熟路地率先走进缝隙。

太宰神色难明地看着云琅道："这里是神卫军营所在地，在锁链收回原位之前，可以推开这道石门，一旦锁链回到原位，石门就锁死了。你记住，这道石门一日只能打开一次。"

云琅点点头，仰头看看锁链的位置，然后走进了缝隙。刚刚走进去，云琅就跟老虎撞在了一起，这家伙似乎是故意的，两只绿莹莹的眼珠子在黑暗中显得极为明亮。

"抓着老虎尾巴走。"太宰没有点火的意思，云琅就只好找到老虎尾巴被它拖着向前走。

这座山洞很大，因为云琅足足走了一炷香的时间。可是，这里的空气非常浑浊，有一种浓烈的腐臭气息，却偏偏没有到让人难以呼吸的地步。太宰摸黑推开了一扇门，等云琅跟老虎走进来了，又把门关上。一豆暗红色的火光出现，云琅听见太宰吹火折子的声音，很快一豆火光变成了一团明亮的火焰。最后，一座灯山被点燃，整个屋子变得亮堂堂的。

这是一间武械库，粗大的木头架子上摆满了戈、矛、戟、剑，还有一些具有少数民族风格特色的弯刀，墙上挂满了弓弩，其中，秦弩占大多数。这是一种造型优美的杀人工具，即便落满了灰尘，黑色的包漆外壳依旧在灯光下闪烁着光芒。云琅站在架子上，从墙壁上卸下一具秦弩，放在灯火下仔细地观摩。

这东西结构合理，上面的青铜组件制作精良，充满了金属感，它就是为杀人而出世的。

"不用太沉迷，你以后有的是时间看这些东西，大部分的东西都是出自《考工记·秦工篇》，看图样就是了。难道你真的打算做一个卑微的匠人？"

云琅不断地翻看着木架上的兵刃，兴奋地对太宰道："我想住在这里，成不？"

太宰摇摇头道："这里是阴地，你不适合居住在这里。"

"十天半个月不见阳光不成问题吧？"

太宰一声不吭，只是拿起一根柴火，在灯山上蘸点油点燃之后就打开门丢了出去。柴火在半空中飞舞，划出一条明亮的火线，照亮了屋子外面的空地。云琅看清楚了外面的景象，只觉得头皮发麻，短发都快要竖起来了。直到现在他才明白太宰为什么能带他进来，却一定要摸黑走，不让他打量周围环境。因为，外面堆满了尸骨，人的尸骨，一座座，一堆堆，即便地上也横七竖八地布满了骸骨。

"咯咯咯……"云琅的牙齿不由自主地响个不停。

太宰带着满是恶趣味的笑容瞅着云琅的眼睛道："你还要住在这里吗？"

"不了，我们回山上吧。"

"不行，从今天起，每隔十天，你必须在这里居住一晚上，我可以陪你三次，三次之后你自己留在这里，我回山上住。"

"全是死人骸骨，会传播瘟疫的，我会死在这里的。"

太宰幽幽地瞅着云琅道："没有疫毒，每一具尸骨都是被开水煮过的，这里只有骨头，骨头上没有一丝肉，何来的疫毒？"

"煮过？吃人？"云琅的牙齿响得更加厉害了。

"没什么好害怕的，这里的尸骨都是你的父祖兄弟的。战死之后，能找到的尸体就带到这里。等皮肉消尽之后，就放在大锅里面煮，去掉最后残存的皮肉，将尸骨放在这里，等待有人用我们父祖兄弟的骨架制作俑人，生生世世护卫陛下，等待陛下自九幽归来……"当一个人用一本正经的态度讲述一个疯狂故事，并付诸实施以后，这个人看起来很清醒，但其实已经疯了。

"我已经很老了，等我死掉之后，你也要如法施为，将我的骸骨跟他们堆在一起。假如，老夫说假如，假如你有能力寻找制作俑人的工匠，记得把我的样子塑造得勇猛一些，也不要忘记把我恢复到受腐刑前的模样。"

"您今年高寿？"云琅强压下心头的惊骇，颤声问道。

"已经虚度三十七个春秋。"

"您三十七岁？"云琅即便是已经非常镇定了，还是忍不住惊叫起来。说太宰七十三岁他信，说三十七岁这毫无可能。

"宦官总是老得快一些。好了，该说的都说了，快点找地方睡觉吧，明日还要早起，趁着天黑出山。"

云琅脑子里如同滚开的水，他行尸走肉一般地执行着太宰的吩咐，极为自然地来到老虎的身边，搬开它的大爪子，在地上铺一张裘皮，躺进老虎温暖的怀里。躺了一会，他觉得不妥，又把老虎的大爪子拿过来搭在身上，才闭上眼睛假寐。每一个兵马俑里面都有一具骸骨？这个念头如同八爪鱼紧紧地缠在他脑子里，怎么都挥之不去。可是，没听说兵马俑博物馆的研究报告中说起过这件事啊。那些断开的兵马俑里面全是泥土，没看见骸骨啊。老虎的呼噜声带着一种奇妙的韵律，让云琅带着满脑子的疑问进入了梦乡。在梦里，云琅与僵尸怪战斗了整整一个晚上，被云琅惊醒的太宰看到云琅狰狞恐怖的面孔，以及胡乱挥动的手臂，非常满意。这才是少年人嘛。

在一个幽闭的空间里睡觉，基本上是没有时间概念的，加上云琅做了一夜的噩梦，被太宰唤醒的时候，依旧非常困倦，且全身酸痛。太宰没有带着云琅从山壁位置出门，而是从一个凹槽里面抽出一根绳梯，紧紧地绑在一根木头桩子上。老虎走上绳梯，走得很稳，四条腿不断地交替，很快就隐入对面的黑暗中了。云琅战战兢兢地踩上绳梯，脚下黑乎乎的，什么都看不见。他吐了一口口水，好半天都没有听见回响，这让他更加害怕了。他干脆学老虎的样子四脚着地，撅着屁股手脚并用地一步步向对面攀爬。绳梯比他预料的要短，攀爬到对面之后就摸到了老虎光滑的皮毛，这让他心神大定。云琅刚刚过来，太宰也就过来了，弄亮了火折子走在前面，云琅赶紧抢在老虎前面走。走在这样的黑暗里，他总有一种后面有东西拽他的感觉，还是让老虎在后面跟着放心。这是一条紧贴着崖壁的小路，借助微弱的火光，能看到崖壁上满是凿子开凿的痕迹。小路似乎一直向上延伸，只是黑乎乎的，看不清左右。黑暗像是有了实体一般，从四面八方向云琅压迫过来，云琅不得不一手抓着太宰的衣服，一手抓着老虎的耳朵，才能感到一丝丝的安慰。

　　不知道走了多久，一束天光从头顶落下，这让云琅差点欢呼起来。他快步越过太宰，沿着小路狂奔。小路的尽头是一道裂隙，云琅抢先把脑袋从裂隙处探了出去。山风凛冽，云琅贪婪地呼吸着，虽然冷冽的空气让他的胸口发痛，他依旧大口地呼吸。裂隙很小，只容一人通过，太宰推着云琅爬出裂隙，云琅稍微打量一下周围的环境，不由得愣住了。

第一六章 活人的尊严

"是不是觉得很熟悉?"

云琅苦笑一下,探手拔出一株枯萎的野三七,取下依旧饱满的根茎道:"你那天就是从这里出来的?"

太宰笑道:"晴天里响了一声炸雷,就在老夫的头顶,炸雷响过之后你就从半空掉下来了,如果不是老夫大惊之下踢了你一脚,你早就掉在石头上摔死了。"

云琅瞅瞅长满野草的软地,再看看怪石嶙峋的山口,长舒了一口气道:"运气啊。"

"因此,你以后必须对老夫好点……你挖的是什么?"

"了不起的活络补血佳品。"

云琅确认自己还活着,就开始动手挖野三七,小巧的铲子很好用,不一会就挖了好大一堆。干完活,云琅发现太宰正坐在山顶俯视脚下的始皇陵。他几乎把所有的注意力都放在这座陵墓上,剩下的一点注意力会放在云琅身上,至于别的，他基本上不关心。云琅总觉得这家伙已经死了，即便没有死，他的灵魂也被始皇帝装进陵墓里去了。太宰对活着似乎没有什么期望。

能把死人唤回来的只有美食！早春，最先露出地面的美味植物就是野韭菜！地面上仅仅露出一点绿星，如果用铲子往下挖，就会挖出一条肥厚的根茎，根茎是淡黄色的，如同韭黄。韭黄猪肉馅饺子向来是云琅的最爱，就太宰目前这副死样子，非韭黄猪肉馅饺子不能救他的性命。只可惜，这东西实在是太少，云琅挖了一上午，只有一把，不够一个人吃的。

"你在挖什么？"

"好吃的。"

太宰看了云琅手里的野韭菜根，指着一个小小的向阳坡道："这东西那里更多。"

云琅大喜，扬扬手里的野韭菜根笑道："别看它不起眼，等你吃过之后，就会发现这世上比始皇陵重要的事情还有好多。"

太宰似笑非笑道："你对皇陵没有兴致吗？"

云琅笑道："本来是有的，经过昨晚的事情之后，就没有什么兴致了。那里是死人的世界，我是活人，要有活人的尊严。即便皇陵里堆满了黄金，如果每一块黄金上都附着冤魂，我觉得还是不要碰为妙。再说了，你觉得我以后会缺钱？"

太宰脸上的皱纹如同菊花一般灿烂绽放，他拿起云琅放在地上的铲子道："我们一起去挖，晚上尝尝你说的比皇陵还重要的绝世美食。"

云琅大笑起来，率先奔向向阳坡，太宰也笑了起来，几个纵跃就超过云琅领头先行。在孤儿院长大的孩子除了那些智力上有障碍的，剩下的哪一个不是见风使舵讨好大人的高手？别的孩子讨好大人是为了要东西，在孤儿院里这是孩子们的生存本领。尤其是云琅这种号称孤儿院之王的男人，更是把这个本事发挥得淋漓尽致。

云琅给老虎看了一张小野猪皮，告诉它晚餐需要一头小野猪，老虎在得到一根香肠之后，就兴致勃勃地钻进了山林。向阳坡上已经生机勃勃，无数淡绿或者嫩黄的植物已经冒头，远远望去一片春色，走近之后才会发现，这里依旧是一片被寒冬统治的大地。这里不但有野韭菜，还有刚刚发芽的蒲公英、苦苦菜、野芹菜，对云琅来说都是难得的珍馐。杂木林子里能挖出春笋，实属运气，十几棵竹子长势不好，其中最大的几棵竹子全被拦腰折断，应该是冬天那场大雪干的坏事。太宰难得地将目光从始皇陵上收回来，关注眼下的生活，所以，他玩得很开心。走进山林，就意味着安全了。老虎叼着一头半大的野猪回来了，只可惜没有咬死，云琅只好用绳子拴着，一路拖着前行。太宰杀猪的时候，母鹿被吓坏了，因为猪叫的声音大极了。母鹿的肚皮鼓鼓的，云琅不忍心让一个孕妇遭罪，就把它关进了山洞。太宰也不会杀猪，因此，猪内脏被弄得乱糟糟的，除了猪肝、猪心之外，肠肚一类的东西只好遗憾地丢弃。

云琅切割下猪身上最好的部位，鲜嫩的里脊肉配上一点肥肉是包饺子最好的材料。家里最珍贵的就是一小袋麦面，这是太宰弄来一架小小的磨药石磨后，云琅修整了石磨的花纹，用手摇磨一点点磨出来的。在这个时代想吃一点面食非常困难，秦国人不喜欢麸皮的味道，认为麦子是粮食中最难吃的一种，以至于在大秦，种植谷子跟糜子、高粱才是真正的主流。把猪肉剁成小小的肉丁，野韭菜也不必完全剁碎，云琅讨厌任何糊糊状让他难以辨识的食物。太宰今日难得有兴趣，就站在云琅的身边看他擀面皮，看他包饺子，顺便帮云琅照看灰陶罐子里面煮着的竹笋排骨汤。

饺子下锅了，煮饺子的工具是一个不算小的青铜鼎，架在炭火上，烧开一锅水用了很长的时间。不过，当一个个白白胖胖的饺子浮在水面上，被云琅用笊篱拍打的时候，即便冷漠的太宰，也露出希冀的模样。没有醋，虽然这里的酒跟醋区别不大，云琅还是不想用，一人一头蒜，就足够了。春天的头茬嫩韭本就鲜美无比，再加上毫无腥膻味道的小野猪肉，除了盐之外根本就无须添加别的作料。一口咬下去，汁液四溅，鲜香满口，人生的意义一瞬间就得到了完美的诠释。郁闷伤心的人明显不是一盘子饺子就能打发的，于是，太宰一口气吃了三盘子。老秦人的盘子跟碗都出奇地大，云琅虽然早就馋疯了，也不过吃了一盘子。

太宰捂着肚子，遗憾地指着刚刚煮好的竹笋排骨汤道："味道刚刚好。"

云琅盛了两碗排骨汤，递给太宰一碗道："溜溜缝，吃完了溜溜缝才算是真正吃饱了。"

几千年来，云琅认为华夏历史中最有用的就是美食进化史。只有这东西才符合所有人的欣赏口味，至于王侯将相的兴衰史，跟老百姓的关系不大。

关中的春天来得猛烈而迅速，昨日还是阴冷得让人发抖的严冬，太阳晒一天之后，就变得风和日丽、鸟语花香。在这段时间里，云琅跟随太宰下山六次之多，每一次都看似惊险，却没有什么事情发生。其中有一次，太宰看到了两个落单的猎夫，本想突袭，只是看到一脸紧张的云琅才放弃了这个念头。云琅什么都好，就是不愿意一个人住进神卫军营，无论太宰怎么威逼利诱他都不为所动。跟那么多的死人居住在一起，云琅也会把自己当成死人的。

皮袄是穿不成了，云琅换上了轻薄的春衫，半尺长的头发被他梳了一个冲天小辫，唇红齿白的样子，不论是谁看，都会觉得这是一个富家子弟。当然，是一个没落的富家子弟，主要是他身上的春衫料子虽华贵，却很旧。穿着这样的衣裳不适合在山林里奔走，更不适合跟老虎赛跑。之所以穿成这样，纯粹是因为清明节到来了。

老秦人原本是不过清明节的，原因就是，这个节日是韩、赵、魏三个国家的节日，是晋文公为了纪念功臣介子推而设定的一个节日，与老秦人无关。太宰之所以一定要云琅穿成这个样子，是因为只有这三天，上林苑里才允许有祖坟在这里的百姓进来祭奠。也只有这三天，上林苑里才没有羽林郎跟猎夫。日出而行，日落而止，过了清明节，这里会重新变得杀气漫天。这一天，也是野人们出来交易盐巴的时间,是他们唯一能趁机逃离上林苑的机会。上天有好生之德,皇家就是这样,追杀你三百六十二天,然后给你三天的时间来喘息。云琅觉得这根本就不是什么皇家的恩典,而是一个非常阴险的计谋,就像养兔子的人不知道自己有多少只兔子,于是就在平地上撒非常多的食物,让所有的兔子全部出动,好让养兔子的人制定一个合理的宰杀方案。

看着太宰帮他往腰带上挂剑,云琅笑道:"这合适吗?"

太宰迷醉地瞅着云琅道:"大秦公子多年不现世,不知世人忘怀了没有。"

云琅见自己收拾停当,就背上自制的双肩包准备离开。母鹿很自然地跟了上来,老虎也想去,却被太宰一脚踢到门后面去了,只能委屈地伸出爪子拼命地挠墙。

"去看看,去宜春宫那里看看,汉国所有的文告都会贴在那里。我很担心他们今年会进驻更多的羽林。"

"这种事他们不会提前说,并且广而告之的吧?"

太宰摇摇头道:"你有所不知,伪汉皇帝的日子并不好过,他的上面还有太后,下面还有外戚、旧臣,他还做不到一呼百应,只有实力强大了,才能大权一统。羽林就是他的期望,他开辟上林苑的目的就在于培养羽林。今年已经是第九个年头了,羽翼应该已经丰满了,该到大规模训练羽林郎的时候了。"

第一七章 钓到一个督邮

云琅不知道国人是什么时候开始通过祭奠来思念故去的祖先的，想来这个时间段应该非常长。站在他来到这个世界的地方，能看到山下小路上的人。人很多，超乎云琅想象，甚至有车马行驶在道路上。这些人都是来祭奠祖先的？太宰的回答是否定的。太宰带着老虎送他出山，一路上絮絮叨叨的，却让云琅感到很温暖。重新踏上山下的平地，云琅的神经依旧是绷紧的。头上那束冲天小辫，多少有些无害的意思，不过啊，这是他的想法，估计盗匪跟猎夫们不会这么想。同样惊恐的还有他身边的梅花鹿，好几次它都扭头往回跑，不久之后，云琅发现它又跟在他身边，估计梅花鹿也不傻，回去的路对它来说比前方的路更加危险。两个惊恐的动物战战兢兢地上了大路。云琅的薄底皮靴踩上坚硬的大路的时候，他有一种宇航员在月球上踏出第一步的感觉。好在路上的行人对他并不关注，即便他拖着一只怀孕的梅花鹿。

走了一段路之后他惊恐的心就慢慢落下来了，这里的人最多说他一句："好俊的小郎君。"这些话都是从马车里传来的，大部分是女声。对于那些拖着爬犁或者拖着大车的黔首来说，云琅一身士人装扮，与他们有天地之别。即便是有一两个年轻的少女多看了云琅一眼，也会立刻被老翁或者老妪拉到身后。没人拿着刀子冲过来乱砍，云琅已经很满意了，一只手搭在梅花鹿的脖颈上，脸上带着和煦的微笑沿着大路向前走。慢慢地，荒野之地逐渐变少，开始有农田出现，一些精赤着身体的人在田地里劳作，准备春耕，即便是路上行人很多，也丝毫不理睬。云琅瞅了一眼，发现男的精瘦，女的干瘪，没有什么看头。"劳动的美丽"这个词云琅以前听过，只是无法把这里的劳动跟美丽联系在一起。

午饭时间到了，很多人就坐在路边，吃一点黑黑的云琅认不出来的东西。从外形看像是糜子煮熟之后捏紧然后晒干制成的干粮，就是里面有很多淡绿色的絮状物。相比之下，云琅的午餐就丰富太多了，梅花鹿的背上有一个不大的革囊，出发前，他就往里面装了很多食物。一份凉拌的野菜，一块切成片的冷猪肉，两张雪白的面饼，再加上一壶酒，在黔首眼中一个低调的贵族小郎君的模样就活脱脱地出现了。

事实上这么装的人绝对不止云琅一个人。能进入路边茅草亭吃饭歇息的人基本上都是这副样子。旁边有一个身形硕大的胖子，他面前的食物远比云琅拿出来的夸张，最显眼的就是这家伙把半只烤羊摆在桌子上大嚼。云琅其实很想在这里交际一下，且不论对方是谁。在山上居住了半年，说话的对象只有太宰一个人，他很想另外结识一些纯正的汉人，至少要在交流中判断一下这些人的智商，好方便以后跟他们愉快地交往。

云琅的饭菜是放在一张麻布上的，他面前没有矮桌子，只好跪坐在麻布上，一口一口地吃东西，真正做到了食不出声，嚼不露齿。这样的场面就变得很有趣，一个穿金戴银的胖子，一个干净漂亮的少年人，一个吃饭粗俗不堪，一个吃饭充满了贵族仪式般的优雅。立刻，看到这一幕的人齐齐地对胖子投去了厌恶的目光，却对云琅充满了善意。这就是云琅想要的效果，一个人在一边吃得再好看也没有人会注意，如果身边有一个参照物，就能把他的表演拔高至少三个层次。

云琅从自己的食物中分出一小部分，装在一个小木盒里，放在茅草亭子外面，冲着一个努力帮父亲推车的五六岁孩子招招手，指指食物，重新坐下来吃饭。云琅快要被自己的行为弄吐了，如果在他的世界他敢这样做，估计会被无数人用脚踹得连云婆婆都认不出他来。但是啊，在这里就不一样了，一个英俊的小后生见到一个孝顺的孩子，给一点小小的奖励，这是士人必须做的。渴不饮盗泉之水，这句话自然不适用于黔首，小孩子在父亲的推搡下终于拿走了木盒。当他抱着木盒给云琅磕头的时候，云琅的脸顿时涨得通红，却强忍着一动不动。他的模样引来其余士人的哄堂大笑，这笑声却没有什么恶意，只是单纯觉得这个小郎君面皮薄，有趣。

怀着愧疚之心的云琅又往孩子手里的木盒中加了一块肉，然后指指母鹿道："能否帮我给母鹿采些嫩草来？这些饭食就是酬谢。"

小孩子看到肉激动得眼睛发亮，听云琅这样说，连连点头，然后就快速地抱着木盒回到了父亲身边，高举着木盒要父亲吃肉。父亲只吃了一小片，就把其余的肉片放在儿子的嘴里，让儿子吃。他在旁边的山坡上采来了母鹿最喜欢吃的嫩草，放在母鹿的嘴边，朝云琅拱手道："多谢郎君赐食。"

云琅摇头道："这不是赏赐，是交换。你帮我喂养母鹿，我给你饭食，非常公道。"

父亲很木讷，不知道该如何回答云琅的话，倒是旁边一个留着三绺长须的中年人笑道："今日出门不算白来，父慈子孝，肉食者颁奖。当上行下效，各安其道，人心融融，可见陛下教化有方。少年人，可愿意与老夫共饮一杯？"

云琅起身施礼道："长者有邀，云琅敢不从命？"

中年人捋着胡须大笑道："果然是名门之后，只是你缙云氏有不才子，贪于饮食，冒于货贿，侵欲崇侈，聚敛积实，不恤穷匮，天下之民以比三凶，谓之饕餮。汝当戒之。"

缙云氏不才子实在是太有名了，但凡读过《人本纪》的读书人没有不知道的。这也是缙云氏最大的遗憾，无论是谁都能拿它来训诫缙云氏子弟。云琅恭敬地献上自己的食物，请中年人品尝。中年人皱着眉头吃了一片冷猪肉，眉头散开，瞅着云琅道："精于美食，果然不负饕餮之名。"

云琅施礼道："祖上遗祸人间，儿孙辈勉力回报天下就是，总有一天我缙云氏依旧会名扬天下。"

三绺胡须的中年人大笑道："少年人如潜龙腾渊，自有鳞爪飞扬之态。只是要多做，少说，而后才能名扬天下，老夫静候云琅之名再入我耳。"说完话就递给了云琅一杯酒，云琅双手接过一饮而尽，交还酒杯躬身道："谨受教！敢问长者姓名。"

中年人仰天大笑道："人称铁面督邮的方城就是老夫之名。"云琅拱手后退，这是一名大汉的官员，不好再继续攀谈。吃完饭后，云琅请辞，方城摆摆手示意他可以走了。眼看着云琅牵着梅花鹿离开了茅草亭子，一个戴着面纱的锦衣女子来到方城面前道："夫郎缘何对此子青眼相加？"

方城笑道："无他，老秦人子嗣，多教诲一声没有错，只是此子秉性孤傲，并未向我求索什么，且看他日后的造化吧。"

"一介贫家子而已。"

"少君一向精于刺绣，难道就没有看出此子的衣着吗？"

妇人扑哧一声笑了，轻声道："自然是看了，绸缎料子不错，却是西蜀织造。秦人尚黑，然他一少年着黑最是不妥，这套衣裳应该是用长辈的衣衫修改过来的。不过，制衣的针脚倒是新颖，尚未得见。"

方城饮了一杯酒道："大汉代秦久已，秦之士族自然会遭受灭顶之灾，摇尾乞怜者方能存活，然，此类人没了士人节操，最是不能重用。余者，有不愿食大汉禄米遁入深山的，也有离开故土四处流浪的。然，这些人大多是志向高洁的真士人,他们的子弟也不会差到哪里去。仅仅是一顿饭,少君当看出两者之云泥之别。"

妇人瞅了一眼吃东西吃得忘我的肥胖少年,不由得掩着嘴巴笑道:"夫郎高见。"

饮督邮方城一杯酒,就省了云琅非常多的麻烦。这一番礼遇不过是发生在路边的茅舍内,看到的人却不少。黔首距离他更远了,那些混杂在人群中的猎夫也收起了一些不好的心思。原本他们在等云琅落单,好捉回去之后卖给喜好男色的贵人,大汉贵族偏好男色亦非秘密,即便是当今陛下也与韩嫣朝夕相处,不忍分离,如此美少年可比同样的美女值钱太多了。云琅自然不知道自己差点被人绑架,离开茅草亭子之后还在仔细地回味方城这个人。这是他见到并有交流的第一个大汉官员,从他的言谈举止上来看,这些家伙的素质很高。这样的人仅仅担任督邮这种小官,看来刘彻手下确实有点人才济济的样子。

"不好弄啊。"云琅哀叹一声。那个治军非常严格的羽林郎已经让他对大汉的军队充满了期待,没想到,今天钓鱼又钓到了一个督邮。这家伙眼光犀利,很不好糊弄,再跟他攀谈下去,这家伙就该追问自己的家在何方。

第一八章 飞扬跋扈霍去病

梅花鹿很乖，跟着云琅寸步不离，它现在已经不害怕了，甩着短小的白色尾巴，边走边吃很是惬意。云琅的身后传来一阵急促的马蹄声，这已经是他今天遇到的第三波骑士了。不过论起威仪，前两波骑士根本就无法与这一波骑士相媲美。因为他们是羽林。大红色羽毛插在铁盔上随风抖动，再加上他们身上披着红黑两色的大披风，风吹斗篷，会露出披风下的铁甲跟长剑，显得格外威风。最重要的是这群家伙骑马根本就没有刹车装置，在行人不绝的地方纵马狂奔，他们愉快了，却给行人留下一片浓浓的灰尘。惹不起的人云琅自然要躲避一下，拉着梅花鹿跑到了草地上，等候这群无法无天的家伙经过。羽林纵马跑起来就是一片红云，不过这片红云在经过云琅身边的时候，有人"咦"地叫了一声，然后云琅就听见战马急促的马蹄声在快速地变缓。

云琅苦笑一声，自己还没有那么大的魅力能让这群羽林停下马蹄，那只有一个可能了，这帮家伙中的某一个人看中了梅花鹿。挺直了腰板，露出最和煦的微笑，云琅就如同一束最纯净的阳光。羽林虽然威风，论起摆姿势制造形象，他们哪里比得过每天都要拍很多照片的后世人。跑出去很远的羽林控马来到了云琅面前，云琅这才看清楚马上坐的全是跟自己现在的身体一般大的小屁孩。

一个长着一对非常可笑的眉毛的小子倨傲地丢给云琅一个钱袋道："你的鹿我买了。"

云琅点点头，从地上捡起钱袋，打开瞅了一眼鄙夷地道："不够啊！"

"不够？"那个卧蚕眉小子的脸顿时涨得通红。

"你看清楚！这里有好银三两可换钱……多少来着？"卧蚕眉少年转头问同伴。不等他的同伴说出答案，云琅不耐烦地道："六百二十五钱，我说了，这点钱不够！"

旁边一个微胖的少年回头对卧蚕眉少年道："霍去病，你遇到骗子了，陛下准备售卖上林苑周边的土地，一亩才一千钱。"

云琅听到霍去病三个字脑袋里面如同响了一声炸雷，他很快就站稳了身体，看着眼前这个长相滑稽的少年，心中竟然隐隐生出一股战意来。

霍去病显然是一个比较讲道理的孩子，皱眉道："你知道三两好银可以买多少东西吗？"

云琅一只手搂着梅花鹿的脖子一边道："如今谷价一石五十钱，三两好银可买新谷十三石，地价一亩一千三百钱，可买好地半亩，可买上品齐绣半匹，蜀绣半匹，还能买猪肉一百六十斤。可是要买我的梅花鹿还差得远。"

少年人被云琅飞快的语速惊呆了，他们没想到云琅能这么快就说出三两好银能买到的东西，而且听起来似乎很对。

霍去病把脖子一梗咬牙道："我还是不信三两好银买不到你的鹿，舅父当年猎虎才卖了四两好银。"

云琅哧地笑了一声道："这山里老虎很多，你找几个猎夫就能弄来。可是我的梅花鹿岂能与山里的野兽相提并论，真是活活气死我了。"

"你的鹿怎么个珍贵法，你倒是说出来，如果说不出来，小心耶耶们打断你的腿。"

云琅看着发话的胖少年笑着问道："你是谁啊？"

胖少年笑道："褚少孙，如果你想去告状，就去陵县昌乐坊褚大夫府邸，一找一个准。"

云琅点点头，从梅花鹿后背上的革囊里掏出一块白面饼子，一小块一小块地喂给了梅花鹿，叹息道："知道我为什么会这么穷吗？主要是我的好东西跟钱都用来喂养这头梅花鹿了。它每日食用精白面两斤，白米一斗，还要喝酒一斗……"说着话又从口袋里掏出一块野三七块茎，一并喂给了梅花鹿，"你们知道这是什么药吗？人称血参，你们这群没见识的一定没见过，看你们都是羽林，告诉你们吧，此物最能散瘀止血，还有消肿定痛之功效。用于跌打损伤、风湿痛、咯血、外伤出血、吐血、病后虚弱有奇效。用这样的宝药已经喂养这只鹿三年了。看到了没有，它如今怀孕了，只要等小鹿降生，这头母鹿就会死去，而刚刚降生的小鹿就会成为大名鼎鼎的血鹿，只要饮一口它的血，再重的伤势也会复原。你说，你给三两好银跟抢有什么区别？"

"你是术士？"

云琅摇摇头道："不是，今日带着这头母鹿来到集市上，就是为了让它吸收人身上的阳气，好助它产崽。"

同行少年们都被云琅说的那头神奇的梅花鹿给吸引了，霍去病却把目光放在云琅手上那块被梅花鹿吃了半截的野三七块茎上。看样子他并不信梅花鹿有那样的功效："这血参真的如同你说的那么神奇？"

云琅大笑道："找一个受伤的人试验一下不就成了？"

霍去病从高大的战马上跳下来，捏着拳头道："我不知道为什么，只要看到你的笑脸就想打你一拳。不如我们用你来试药，只要你说的血参真的有效，耶耶用一镒黄金买你的宝药。"

云琅笑道:"我们真是想到一起去了,我只要看到你坐在马上飞扬跋扈的样子心头就有怒火。你的身子骨不错,挨一顿揍之后再治好你,让你切身感受一下宝药的厉害。"

霍去病哈哈笑道:"原本看你这人怎么看怎么讨厌,没想到说出来的话倒是很合胃口。"话刚刚说完就捏着拳头冲了上来。

"停,停,停,先脱掉甲胄!"

霍去病愣了一下,还是慢慢脱掉甲胄,对同伴道:"我们今天一对一,你们莫要插手,谁插手谁就是我的敌人。"

云琅对于这一场决斗还是很有信心的,他主要的信心来自跟老虎嬉戏了大半年,体质增强得很快,就他现在的身高,已经比刚来的时候高了一寸多。霍去病摆出一个叉手姿势,双手呈环抱状一头冲向还在摆高人姿势的云琅。云琅纵身一闪,避开霍去病的身体,却环住他的右臂,用力地向怀里拖,霍去病去势很急,被云琅钩住了一条胳膊,身体不由自主地向右转过来,同样转过身体的云琅已经抬高了左手,一记重拳狠狠地擂在霍去病的鼻子上。与此同时,霍去病的左拳也同样重重地砸在云琅的左肋上,一股钻心的疼痛让云琅差点惨叫出来,没想到以有心算无心还是没有占到便宜。人的鼻子非常脆弱,哪里禁得起云琅重重的一拳,霍去病顿时眼冒金星,两股鼻血冲出鼻孔,引来一片惊呼。被霍去病一拳打得气都喘不上来的云琅强行忍着疼痛,完全靠毅力支撑着双腿在一片惊呼声中挪到发晕的霍去病身边,右拳再一次砸在他的太阳穴上,霍去病的身体摇晃得更加厉害了,云琅纵身一扑就把霍去病扑倒,骑在他身上一拳一拳地砸向他的后脑。没两下,霍去病就瘫在地上不动弹了,只是鼻子里流出来的血把沙地染红了一大片。见霍去病不动了,云琅就站起身,脸色煞白却依旧把腰板挺得笔直。

云琅回过气来之后从革囊里掏出两块野三七根茎丢给一脸震惊的褚少孙道:"内服,煎汤,或入丸、散,或浸酒,效果自知。"

从震惊中清醒过来的诸位羽林少年，纷纷从马上跳下来，围着云琅不让他离开。

"让他走！"昏过去短短时间的霍去病拒绝了朋友的帮助，自己挣扎着从地上爬起来，不顾流淌的鼻血大声道，"老子中了你的奸计还没死，可还敢比过？"

云琅嗤的一声道："先止血吧，没被我打死，却流血而死。你舅舅会找我麻烦的。"

提起卫青，霍去病顿时如同一个爆发的火山一般咆哮道："我是霍去病，不是卫去病，我们再来一次。"

说着话，霍去病不顾长流的鼻血推开褚少孙准备再扑上来。

云琅一面退一面道："你今天输了，想要再打，另选个时间。"

霍去病的鼻子痛得厉害，脑袋也昏昏沉沉的，他知道自己的状态不好，云琅的那一拳将他的鼻子打错位了，确实不宜再战。

"明天！"

云琅笑道："谁有空陪你们玩小孩子的游戏，我有读不完的书等着我呢，要打，明年的今天，不见不散！"云琅说完，就从地上捡起霍去病的钱袋，在手上掂掂然后揣进怀里大笑道："果然是一只肥羊。"

霍去病这时候显得很平静，安静地接受伙伴们的救治，见云琅走出十几步了，张嘴问道："你是谁？"

"老秦人缙云氏，云琅是也！"

褚少孙咬牙道："霍去病，你打完了，该我们了，真的很想揍他。"

霍去病手里拿着两块野三七摇摇头道："他是我的，不许你们抢。老秦人？缙云氏？云琅？耶耶记住了，明年的今日，耶耶等你！"

第一九章 打闷棍

霍去病的拳头力量大极了,云琅用胳膊夹着肋部在草地上来回翻滚妄图释放疼痛。对于忍痛,他的经验实在是太丰富了,今天之所以能够打赢霍去病,不是自己的武艺有多么高强,完全是因为自己能忍住钻心的痛苦并发起反击。如果霍去病的忍痛能力与他相当,云琅如果不跑的话,后果难料。说起来,云琅自己清楚地知道,霍去病的拳脚力量比他的要大。疼痛慢慢散去,云琅解开衣衫,只见肋部好大一片红晕,相信到了明天,红晕就会变成一大片紫青。忍着痛按摩了一下肋骨,好在骨头没有什么问题,只是现在,喘一口气都会痛。云琅取出一块野三七,忍着苦涩吃了下去,站起身看看快要落山的太阳,准备去太宰所说的宫奴村落借宿一宿。

不等他起身,一个庞大身影重重地将他压在地上,同一时间,他听到梅花鹿也发出了惊恐的呦呦声。恶臭充满了他的鼻腔,他能感受到自己如今正被一个男人压在身下。那个人的力量是如此之大,刚刚遭受了重创的云琅根本就无力抵抗。于是他就立刻停止了挣扎,放缓呼吸,假装昏了过去。压在他身上的男子见云琅不再挣扎，就嘿嘿笑着从身上掏出一截麻绳，将云琅的手脚捆绑得结结实实。母鹿也被人放翻在地，两个粗壮的男子小心地束缚着母鹿的四条腿，比对付云琅温柔得太多了。

"梁甲，下手轻一些，这可是绝世宝贝，我们就指望它下崽子赚钱呢。"捆绑完云琅的汉子擦一把额头上的汗水，高声道。

云琅幽幽地醒来，看着眼前的汉子道："诸位好汉，小子家中尚有一些薄产，如果诸位好汉放过我，小子将家产双手奉上。"

为首的壮汉笑道："这就不劳小郎君费心了，看你穿着，你家里能有几个钱？倒是你跟这头神鹿能卖大钱。小郎君，咱们打一个商量，我们兄弟出手就是为了钱粮，只要你不挣扎，让我们好好地把你送去男风馆，我们兄弟也就不虐待你，你看如何？"

云琅一脸的惊惶，连声道："我怀里还有一个钱袋，里面有三两好银，我把银子给你们，你们放了我如何？"

大汉大笑一声，探出黑乎乎的脏手伸进云琅的怀里，取出霍去病的那个钱袋道："我们知道啊。小郎君还有没有钱？如果还有，我们说不定就会放了你。"

大汉的话让其余两个大汉笑了起来，云琅只好痛苦地闭上眼睛。

"周庆、梁甲，快把鹿抬走，这里离大路太近了，要是被羽林发现我们坏了规矩，砍脑袋都是小事，快走。小郎君我来扛，仔细些，千万不敢伤了母鹿，它肚子里面的崽子比你们的命值钱。"

云琅被为首的壮汉粗暴地扛上肩膀，他瞅着壮汉的爬满虱子的后脑勺，叹了口气，就屈一下胳膊，从袖口里拽出一根三寸长的锥子。出门的时候，太宰不允许云琅拿走弩弓，只给了一把普通长剑，徐夫人的匕首也没有让云琅带走——一旦这些武器被羽林或者大谁何（西汉的谍报）查到，云琅就没有活命的可能了。很久以前，云琅就知道人的后脑其实是非常脆弱的。这里的头骨很薄，却偏偏有一大堆最要害的器官。比如控制人身体的脑干就在这一带，这个区域很大，很容易找到。云琅的中指上带着一枚顶针，这是他为缝衣服特意制作的，由薄铁皮制成，中间有一个小小的凹坑。杀死这个扛自己的大汉很简单，只要用顶针顶着锥刺快速按进他的后脑即可，铁刺进入后脑再被头发掩盖，云琅相信其余两个猎夫匆忙间找不出他的死因。只是这么一来，另外两人怎么处理？眼看他们一行人就要走进一片松林，一旦歇息，这么好的杀人机会不一定会再有。

云琅不再犹豫，双手一起用力，坚硬而锋利的三棱铁刺，如同刺穿熊皮一般刺进了大汉的后脑，大汉的身体猛地顿住了，云琅趁机将后半截铁刺全部按进他的后脑，云琅看得很仔细，这个过程中，只冒出了一粒晶莹的血珠。大汉的身体软软地倒地，云琅也跟着摔在地上，只是在落地的那一霎，他用鞋底抹去了那一滴血珠子。大汉摔倒的动静惊动了周庆与梁甲，他们不约而同地转过头，见彭毒口吐白沫，全身抽搐，他们立刻放下抬着的梅花鹿，来到彭毒身边，大声地叫唤，希望彭毒能够醒过来。周庆疑惑地看着手脚都被捆死的云琅，又检查了一遍彭毒的身体，没有找到任何外伤。

"羊角风！快点救治，慢了就死定了。"被摔得七荤八素的云琅连忙对周庆道。

周庆把目光从云琅身上收回来，看着大小便已经完全失禁的彭毒对梁甲道："救不活了。"

梁甲避开彭毒哀求的目光点点头道："羊角风，没法子救啊。"

周庆很快就把彭毒藏在一片灌木林里，临走时还对继续抽搐的彭毒道："是死是活看天命，兄弟一场也算是对得起你。"然后他就抱起梅花鹿，让梁甲继续扛着云琅走进了树林。

这两人走路的样子很有意思，自从彭毒死掉之后他们就在相互戒备。谁都不愿意走在前面，所以，他们两人只能并成一排向前走。平衡的局面谁都喜欢,被人抬着走的时候,梅花鹿一路上呦呦地叫个不停。现在,被人抱着,它反而安静了下来,只要经过它喜欢的嫩枝条,还会撕扯两口。云琅的铁刺还有十几根呢,在这种状况下没有使用的空间,同时,这也不适合继续用这一手杀人。如果梁甲再得羊角风死掉了,周庆在极度恐惧之下,恐怕会对云琅下杀手。

一座木屋出现在小路的尽头,这座木屋是用松树做框架,辅以竹子建造起来的,看起来非常简陋。此时,天色已经昏暗了下来,梁甲将云琅丢在一堆干草上,周庆也把梅花鹿小心地放下,放开它的四脚,只在脖子上拴了一根绳子,另一头拴在柱子上。两人生了火,分坐在火塘的两边,用树枝子穿着一些兽肉挑着在火塘上烤。

"周庆,你说这只鹿能卖多少钱?"梁甲压低了声音小心地问道。

"一镒黄金,是那个小郎君说的,咱们就不做那个梦了,能卖一斤黄金,我们就卖了。"

云琅惨笑一声道:"暴殄天物啊,这东西只要献给大富之家,区区一镒黄金算得了什么。这可是我缙云氏三代人的心血,中间耗费的钱粮就不止一镒黄金了,你们却要一斤黄金就把它卖掉……"

梁甲瞅瞅云琅,再看看缩在云琅身边的梅花鹿咬咬牙道:"周庆,我们不能便宜了那些豪门大家。"

周庆苦笑一声道:"这种东西只有豪门大家才会买,你我二人哪一个能摆上台面跟人家谈生意?恐怕还没开口,就被人家的家奴给轰出来了,就算贵人们知晓了这只鹿的宝贵,你能保证人家会给我们一镒黄金,雇游侠儿杀了我们也用不了几个大钱。梁甲,别做梦了,这世上的好东西都是贵人们的,与我们腌臢人没什么关系。我说能卖一斤黄金,还是因为我小舅是阳陵王家的管事才有的门路。"周庆把话说完,可能这些话勾起了他心头的一些痛苦,他愤愤地将烤肉丢进火塘,一把抓过云琅的宝剑,将它跟霍去病的钱袋子放在一起,对梁甲道:"这才是我们看得见,摸得着的钱财,钱袋,宝剑选一样。"

在周庆的注视下,梁甲的手不断地在宝剑跟钱袋上方晃悠,他很难衡量这两个东西哪个更加值钱一些。

"选宝剑吧,这是一把好剑,即便是最苛刻的质所(西汉当铺)也能质钱两千。"

听了云琅的话,梁甲立刻将宝剑抓在手里,匆匆道:"我要宝剑。"

周庆起身,重重一脚踹在云琅的腹部,将他踹得快要飞起来了,云琅闷哼一声,抱着肚子缩成了一团。

"你打他做什么,要是脸花了,还能卖出大价钱吗?"梁甲对周庆破坏货物的行为非常不满。

周庆冷哼了一声,又指着缩成一团的云琅跟梅花鹿道:"我把话都说清楚了,人只要卖到男风馆就有钱拿,鹿却要费一番功夫,你要人还是要鹿?"

梁甲皱眉道:"我们难道就不能把人跟鹿一起卖掉最后平分钱财吗?"

周庆摇头道:"这个小郎君已经落在铁面督邮的眼里了,羽林小校也跟他打过照面,他是士人,我们戕害士族一旦事发,是灭三族的罪。这一笔生意做完之后,长安我是不打算待了。快点决定,要人还是要鹿?我打算连夜走。"

梁甲犹豫良久,终于开口道:"人只能卖两千钱,鹿却能卖一斤黄金,也就是一万钱,我还是要鹿,人归你了。"

周庆哈哈一笑道:"不吃亏的梁甲果然不是白叫的,好了,就这么定了,人归我,鹿归你,来帮我一个忙,把人丢在我肩上……"

第二〇章 古人诚，不能欺

云琅觉得自己又要被摔了。梁甲听闻周庆同意了他的要求，非常开心，一点小忙而已，怎能不帮。当云琅被梁甲丢麻袋一样丢上周庆肩膀的时候，他手上的绳子已经被他用小锯片给锯开了，右手握着一根铁刺，就等周庆把刀子捅进梁甲的肚子了。事情没有任何的变化，被好处蒙蔽眼睛的梁甲在欢喜中忘记了提防周庆，两只手还搭在云琅的身上，一柄一尺余长的短刀已经狠狠地刺进了他的胸口。梁甲惨叫一声，跟跟跄跄地向后退，望着周庆手中沾满血的短刀吼道："你杀我？"

周庆冷森森笑道："便宜都被你占了，我不杀你杀谁？"

话音刚落，周庆的身体猛地僵住了，在梁甲怪异的眼神中软软地倒地。有周庆的身体当垫子，云琅摔得不是很痛，他翻身从周庆身上坐起来，一边用锯片割脚上的绳子，一边对嘴里不断往外喷血的梁甲道："他羊角风病发作了。"

梁甲看到周庆在不断地抽搐，嘴角流出白涎，艰难地道："你杀了彭毒？"

云琅站起身，来到梅花鹿边上，把它脖子上的绳子解开，这才回答道：

"都说了他是死于羊角风。"

梁甲似乎对这个答案很满意,吐了两个血泡泡之后就软软地倒在地上,只是手脚还无意识地抽搐了两下。被折腾了半天,云琅也很饿了。梁甲是一个细心的人,他给自己烤的肉块放在一块石板上,肉块里的油脂被滚烫的石板煎得滋滋作响,外面已经焦黄,里面则非常细嫩。云琅向烤肉上撒调料,只是手抖得厉害,好几次都撒到外面去了。他长吸一口气用左手抓住右手手腕,这才完成了平日里做过无数遍的动作。

一头老虎轻捷地越过木栅栏,用脑袋拱开木门,然后就蹲坐在云琅的身边,伸出舌头瞅着他手上的肉块。一山不容二虎,整个骊山上就只有大王这一头老虎,来的自然是大王。云琅把烤肉放在一边,大王很有耐心地等烤肉变凉。戴着黑色纱冠的太宰从外面走进来,肩上扛着一具面目狰狞的尸体,如同索命的黑无常。走进屋子,他就丢下肩上的尸体,蹲在火塘边上烤火。

"你知道我跟着你?"

"当然知道,你不许我拿弩弓,也不许我拿匕首,就这么把我放出去,你放心?"

太宰笑道:"确实不放心。"

云琅笑道:"再说了,梅花鹿对大王的气味非常熟悉,刚开始的时候它还非常惊慌,进了林子它反倒安静了,被人抱着还有心情去撕咬路边的嫩树枝。看到这些,我要是还不知道你跟大王来了,我就是傻子。"

太宰从墙上切割下两块肉穿在树枝上递给云琅一块,两人就围着火塘继续烤肉。

"第一次杀人能这么镇定,还一口气杀三个,你比我想的要强大。"

"两个,梁甲是周庆杀的。"

太宰皱皱眉头道:"你很在意杀人这种事?"

云琅愣了片刻喟叹一声道:"还是少杀些人比较好。"

太宰看看云琅被火光映红的脸笑道："人杀少了才是罪孽,要是屠得九百万,你就是雄中雄,伪帝刘彻都要看你眼色行事。"

云琅翻转着肉块沉声道："您知道我将来准备怎么处置这里的事情吗?"

太宰愣了一下道："你是说我死之后?"

"也不一定要你死,你今年才三十七岁,如果你能活到七十岁,说不定就能看到。"

太宰摇摇头道："我曾经受伤太重,流血太多,不可能活到七十岁,你说说你打算怎么保住皇陵?"

云琅抱着膝盖,前后摇晃了很久才道："现在最重要的是保证皇陵的安全,不让他被伪帝刘彻发现是不是?"

太宰认真地点点头道："盗墓贼不可怕,可怕的是刘彻当盗墓贼。"

云琅又道："不管我们愿意不愿意,反汉复秦已经成了泡影对不对?至少在伪汉经历了文景大治之后。"

太宰嗐叹一声道："我何尝不知道反汉复秦只是徒然,无奈祖宗遗嘱如此,我们身为后辈只能继续下去。"

"祖宗没说什么时候成功对不对?如今敌人空前强大,我们选择蛰伏这没有违背祖宗的遗训吧?"

太宰明知这不过是云琅的托词,却无言反驳,只好重重地点点头。

"我们两人就算一身武艺,也打不过千军万马。再这样下去,只要你我出事,皇陵迟早保不住。就算无人得知,没人祭祀,没人怀念,皇陵也只会成为一座荒冢是不是?"

"你要干什么?"太宰有些跟不上云琅的想法。

云琅拿起刚刚烤好的肉,把身子靠在老虎肚皮上懒懒地道："按照汉国的规矩来保护皇陵,同时也给我们自己一个宽松的生活环境。"

太宰霍然起身,盯着云琅道："怎么说?"

云琅咬了一口肉块，淡淡地道："我今天在路上听一个勋贵子弟说，伪帝刘彻，准备售卖上林苑的一部分无主之地，我准备把皇陵以及皇陵周边的地买下来。"

"这不可能！"太宰大惊，身体却不受控制地颤抖起来。如果云琅真的能够做到这一点，他们就能正大光明地招收奴仆，收拢黔首，哪怕修建围墙将秦陵围起来也不是不可能的事。如此一来，皇陵将会成为家产，只要不被刘彻抄家灭族，皇陵的秘密将永远不会被人得知。

"有什么不可能的，卫青跟匈奴人在云中打了两仗，耗费的钱粮数之不尽，即便是有文景两代的积蓄，刘彻想要继续与匈奴作战，他的国库也支撑不了多久。你看着吧，他现在是崽卖爷田不心疼，再打几仗，他就该向百姓征收重税了，到了最后，整个国家都会被他绑在战车上纵横四方。"

"国虽大，好战必亡？"太宰眼中跳跃着灼人的火焰，"我们只要等到伪帝刘彻倒行逆施之时，再联络我大秦故旧，振臂一呼定能将伪帝推翻。云琅！如果能做到，我奉你为主！"

云琅惊讶极了，他没想到只是给太宰画了一个大饼，太宰居然认真到了这种程度。古人真是太认真了。怪不得苏秦、张仪、公孙龙这些家伙仅仅靠着一张嘴就能混得风生水起，苏秦一个破落户居然能够身配六国相印。天啊，云琅觉得非常幸运，还好是自己过来了，如果来的是硅谷旁边咖啡馆里那些张嘴几十亿几百亿融资的家伙，大汉江山估计距离毁灭就不远了。

"你是我的长辈，此事万万不可行，长幼尊卑听起来没什么大用，却是所有社会关系的基础，所有的伦理关系都是构建在长幼尊卑这个基础之上的，轻易毁坏，国运不久。我们还是谈谈购买皇陵的事情吧，对了，你有多少钱……"跟三具尸体睡了一夜的云琅萎靡不振，脸色蜡黄，还有些气急败坏。

太宰则是喜上眉梢，只是不怎么敢看云琅吃人一般的眼神。多少年来，太宰一直在惶恐、悲苦、忐忑不安中度过每一天，没想到会在某一天，他面临的

102

所有困难，都被人清醒地理出来一个清晰的脉络，只要沿着这个脉络走，最终事情将会得到解决。最重要的是身边有一个可以依靠的聪明人，实在是人生中最愉快的一件事。

云琅的鼻孔中喷出灼热的气息，靠近他的老虎被吓了一跳，云琅鼻子喷出来的气息比它鼻子里的气息还要灼热。云琅不满地瞅了太宰一眼，一个口袋里只有三十斤金子还想买一万亩土地的人有什么资格得到他的好脸色。一斤金子作价一万钱，三十斤金子也不过三十万钱，而一万亩土地最基础的价格是一千万钱。始皇陵里面的好东西很多，里面的东西如果换成钱，估计能把整个关中买下来。可是啊，这件事不能提，连想都不能想，如果说出来，第一个找云琅拼命的人就是太宰。

被人打了闷棍，今天就没法子去宜春宫了，云琅搜检了三个猎夫的遗物，基本上没有什么好东西。就是那个叫作彭毒的家伙身上有一块样子还不错的古玉，云琅顺手解了下来，这东西将来穿文山衣的时候用来压袍子还是不错的。

太宰看着路上络绎不绝的行人有些意动，对云琅道："我们掳掠些黔首回去如何？"

云琅绝望地摇头道："我们要的每一个人都必须是心甘情愿跟我们在一起隐居深山的人，否则，每多一个心怀叵测的家伙，我们就会倒霉一次，说不定就会因为用人不当最后产生毁灭性的结果，那样，还不如我们两个人守山呢。"

太宰遗憾地道："以前倒是发现了两个逃奴，结果，被我给杀了，要不然至少有两个可用的人了。"

云琅笑道："会有的，不着急，刘彻既然放出售卖上林苑土地的风声，就会有后续的政策，因为土地这东西要有人经营才能有产出，否则花一大堆的钱买一些荒地来做什么？"

第二一章 卫青？卫青！

清明过后，上林苑又恢复了往日的寂静，山林里野兽继续横行，猎夫依旧在这个春和景明的好日子里狩猎。远处农田里的黔首继续光着屁股劳作，除了麦苗、谷子苗、糜子苗长高了一些再没有什么变化。

云琅依旧在山里啃晦涩难懂的大篆，半猜半蒙地也认识了很多字。只是太宰满怀期望地拿来的《连山易》《归藏易》，云琅一个字都看不懂，尤其是那些符号，更是让他如坠云雾。这东西不知道是谁家的秘藏，简牍的第一行就写着"非我族裔，读者必死！"的恶毒话。后面还有一连串诡秘的符号，还是用朱砂写成，红得如同血，最后还用朱砂画了一个鬼脸，非常具有楚地图腾的古朴美感。自从上次谈话之后，太宰就把云琅归类于智者的行列，他很希望云琅能够解开这两本上古绝学的秘密，好窥探一下未来的模样。

"学问可通神！"太宰见云琅随手把两本看不懂的《易经》丢出窗户，连忙一个虎扑凌空接住了竹简，小心地放在架子最上端。

最郁闷的就是老虎，因为家里忽然多了两只小鹿。母鹿在食物最丰沛的五月产下了小崽子，整个冬天母鹿就没有饿过肚子，奶水丰盛，因此，两只小鹿都健壮地活下来了。它们生下来就对老虎没有什么畏惧感，还总是喜欢跑到老虎的肚皮下面找奶喝。这给大王造成了非常大的困扰，好几次把小鹿的脑袋含在嘴里，最终还是没有咬下去。而小鹿偏偏喜欢上了这个游戏，没事干就把脑袋往老虎的嘴边送。大王为了保持自己兽中之王的威严，曾经把这座山里的另外两只老虎打跑了，以至于它现在想要找一个伙伴都没有。

云琅的身体成了少年人，再加上每日都摄入大量的肉食，为了消耗多余的精力，他与老虎大王几乎走遍了骊山后山。一座山的珍贵与否在于它的产出有多少，此时的骊山远不是后世那座骊山所能比拟的，仅仅是随处可见的溪流、瀑布，就让云琅欣喜若狂。在这里吟诵"飞流直下三千尺"，非常应景。狗熊打不过老虎，就用肥厚的爪子抱着脑袋把肥硕的屁股露出来，希望老虎从它屁股上咬一块肉吃莫要伤害它的性命。云琅赶走了老虎，狗熊快速地逃进山林，临走的那一瞥，满是感激。老虎每年都要把山里的猛兽挑逗一遍，用来树立它兽中之王的地位，很原始，却很有效。看看狗熊伤痕累累的屁股就知道在过去的几年中，它的遭遇有多么凄惨。

"笃！"一支羽箭撕破了空气，瞬间就钉在一根木桩上，白色的尾羽猛地炸开，像是一朵被风撕碎的蒲公英。一个多月过去了，霍去病的鼻子还是有些歪，云琅那一拳彻底砸塌了他的鼻梁骨，这个地方的软骨想要完全长好，需要很长的时间。霍去病只要照一次镜子，他的怒火就爆发一回。

卫青穿着一袭青色的深衣，外袍上的带子没有系上，被晨风吹得猎猎作响。他站在后花园看霍去病射箭已经很久了，见霍去病又把羽箭牢牢地钉在箭靶子上，忍不住扬声道："弓开八分！"霍去病不但没听，反而将手里的弓箭重重地丢在地上，还狠狠地踩了一脚。卫青面无表情地走过去，霍然抬脚，一脚踹在霍去病的屁股上，这一脚是如此之重，霍去病腾空飞行了一丈远，屁股落地之后还在花园的草地上滑行了很远。卫青弯腰捡起弓箭，掸掉上面的泥土，整理了羽箭的尾羽，这才将弓箭一一归位。"不尊重自己武器的人不配用武器。"卫青淡淡地说了一句，就不再理睬撒泼打滚的霍去病，径直去了凉亭。

长平公主是一个很恬淡的女人，父亲要她嫁给平阳侯曹寿，她就嫁给曹寿；曹寿死后，父亲要她嫁给汝阴侯夏侯颇，她就下嫁夏侯颇；夏侯颇死后，弟弟觉得夫人去世后单身带着三个孩子的卫青人不错，她就很听话地嫁给了大将军卫青。虽然嫁了三次，长平公主依旧风姿绰约，最重要的是，长平公主嫁给卫青算是皇帝对卫青最大的奖赏。如果有人问大汉权势最大的女人是谁，众人一定会说是皇太后王娡，如果问全大汉最有钱的女人是谁，那么只有两个人选，一个是大长公主刘嫖，另一个就是长平公主。一个是因为收受了太多的贿赂从而巨富，另一个却是依靠不断地嫁人积累了大量的财货。如今，大将军府的吃穿用度之所以豪奢，都要托长平公主的福气。鬓角微微有几丝白发的卫青刚刚坐定，长平公主就给他倒了一杯淡酒笑道："你又何苦为难去病儿？"

卫青哼了一声道："少年人本性跳脱，相互殴斗乃是常事，因一场斗殴失败就心绪难平，将来如何担当大任？"

长平公主笑道："他不若你，你自幼孤苦，靠坚韧不拔的性子自奴隶到将军，吃过苦，受过罪，知晓人间冷暖。去病儿与你不同，他母亲私通平阳县吏霍仲孺才有了他。这让他自幼就有极强的自卑之心，将每一场胜利当作对过去的反击，突然被一个同龄的乡野少年击败，自然气愤难平。"

卫青皱眉道："未曾找到！"

长平公主"呀"了一声道："缙云氏乃是名门大族，云琅之名也颇有古意，血鹿一说不过是少年胡诌，然血参却名副其实。本宫将去病儿拿来的血参找侍医试验过，确实是补血、生血、通经舒络的上好药材，如果能够配伍成方，会成为最好的金疮药。如此有名有姓，又有学识的人怎么可能会找不到？"

卫青摇头道："确实没有找到，三辅之内云姓不过三户，两为黔首，一为行商，左奴查询过，这三家都没有一个叫作云琅的子侄。而且，这三家也没有培育出云琅这种人才的环境。"

长平公主有些失望，卫青探手握住长平的手笑道："明年清明，去病儿与云琅有约还要厮斗一场，到时候他会现身的。"

"何以见得？"

"哈哈哈，老秦人慷慨赴死，死不旋踵，他既然给自己冠上老秦人之名，就不容他不出战。"

"他敢不来，我翻遍三辅也要找他出来，然后将他碎尸万段！"霍去病来到卫青、长平面前，咬牙切齿道。

长平笑道："照你所述，你将要面对的是一个狡猾之辈，从头到尾，你们一群人就没有占到任何便宜。你确定明年清明能够击败他？"

霍去病道："我回想了整个经过，发现这家伙不过是在装腔作势，如果我当时不去想鼻子的事情，拼着鼻子再挨两拳，即便是一拳换一拳，我也能打赢他。"

卫青笑道："男子汉大丈夫，输了就是输了，下一次打回来就是，这没有什么见不得人的，若是勉强给自己找理由，那才是真正的输了。"

霍去病高声道："舅父有所不知，那家伙鼻子很好看，眼睛很好看，嘴巴长得也不错，可就是，这三样东西长在一张脸上，就让人有一种要打他一拳的冲动。"

长平笑得直不起腰，拍打着软榻笑道："哎哟哟，笑死我了，如此有趣的少年不可不见。明年清明你们比试的时候记得叫上舅母，我真的很想看看一张脸长成什么模样才会让人生出殴打之心来。"

卫青看着脸上逐渐浮出笑意的外甥，心中隐隐觉得哪里似乎不对。这种感觉只是短短的一瞬间，就消失得无影无踪，他不由得摇摇头，觉得自己好像多疑了。他没有多余的心思可以用在家里，明年大军就要出定襄了。汉皇一句"骑兵逐远，贼人能在大漠称雄，朕同样可往"的话，也不知道明年又会有多少袍泽血染黄沙。两次云中大战，仅仅是左谷蠡王座下的骑兵就让不擅骑射的汉军吃了大亏。虽然已将左谷蠡王驱逐出云中，却没有从根本上解决问题。汉军北逐，匈奴王就带着部族牛羊远遁，汉军归塞，匈奴王就重新带着部族牛羊再回来。远征对大汉军队来说，需要消耗山一般多的钱粮，对匈奴人来说，不过是秋日的一场远足而已。如何以最快捷的方式驱逐匈奴，如何以最简单的方式为大汉解除匈奴的威胁，这让卫青大将军愁白了青丝。

注：长平公主原型是平阳公主，作者之所以用了长平而不是平阳，最大的原因就是对这个角色的改动很大，让她提前嫁给了卫青，好与霍去病、云琅发生交集。否则等平阳公主嫁给卫青的时候，霍去病早死了。再者，平阳公主的封号来历是因为她嫁给了平阳侯，现在她的第三任丈夫是长平烈侯卫青，故而改名长平公主。

第二二二章 大丈夫当如是

家里有三只鹿,因为有一只母鹿,很快就变成了四只。那只公鹿没事干跑出去两天,又带回了两只母鹿,然后就来了好大一群。于是,云琅不得不开始修鹿圈……翻过大石头,石头前面有好大一片空地,空地前面就是一个坡度较缓的山坡地。鹿群喜欢围绕着大石头居住,它们对威严的老虎已经视而不见了。直到一只野公鹿闻着母鹿的味道闯到大石头前面被忍无可忍的老虎分尸之后,鹿群才意识到老虎并不像它们平日里认为的那样无害。种群的自然扩大,当然会有一个优胜劣汰的问题,除了给过他奶喝的那只母鹿之外,云琅并不在意老虎吃掉一两只鹿。养鹿其实是个不错的营生,身体虚弱怕冷的太宰需要每日饮用一杯鹿血,云琅也需要鹿群为他提供一张张完整的鹿皮,来制作各种各样的东西。

直到两个漂亮的鹿皮背包出现在太宰面前,他沉默了很久才缓缓道:"你是做大事的人……"

"背包好看不?你看啊,你可以往里面装你所有的零碎,不管装多少,这个双肩背包都能极大地减轻你的负担。以后我再给你弄一个更大的，可以把帐篷、被子、衣服、武器、吃的喝的，全部装进去，天下虽大，我们哪里不能去？"

"这个背包是作战的时候用的？"

"对啊，我这样的人怎么可能无所事事地干些小事？你看啊，如果我再给背包钉上一个漂亮的老虎模样的铭牌，它就更加完美了……"

太宰急切地希望云琅开始筹划反汉复秦大计，即便不能立刻执行，也需要处理迫在眉睫的秦陵安全问题。山下无聊的人越来越多，他们装备整齐，队伍严整，声势极为浩大。八千名骑兵在荒原上呼喝奔驰，驱赶野兽，中间还夹杂着披着红色斗篷的羽林。无数的猎犬被放入荒原，无数只猎鹰被扔上了高空。皇帝的黑龙背日旗哗啦啦地在风中招展，旗下的文仪、武卫一样不缺。各色旗帜几乎铺满了骊山下的平原，仅仅是皇帝中军大帐，就是一片黑色的海洋。

云琅趴在树梢上惊讶地看着骊山下的军阵，觉得皇帝与其说是狩猎，不如说是屠杀。一队骑兵来回驰骋，将野兽从山谷里驱赶出来，一群群野猪、野鹿、野羊、野牛、野狗、野狼、野熊、野豹子、野兔成群结队地仓皇出逃，大大小小的混杂在一起，谁也顾不上谁。最可怜的是有两条肥硕的野蟒蛇也混在队伍里，时不时地被野兽踩上几脚，凄惨至极。留在山谷里只要藏好或许还有活命的机会，出了山谷就是死路一条。平原上的骑兵纵横交错，围追堵截，逼着发疯的野兽沿着规定好的路线狂奔。然后，皇帝站在高大的辂车上，弯弓搭箭，射脚底下的野兽。皇帝每射出一箭，周围的群臣就哄然叫好，立刻就有不怕死的猛士冲进兽潮大军里，能把皇帝猎杀的猎物拿回来的就是真猛士，会有丰厚的赏赐，不小心被兽潮吞噬了的就是假猛士，只会招来无穷的羞辱。这当然没有射中射不中的问题，距离皇帝不到十步远的地方，就是兽潮大军，要是射不中才是怪事情。当然了，万一皇帝的运气不好，真的没有射到，也有太宰一类的官员偷偷地拿着皇帝的金铍箭插在骑兵打来的野兽身上，骑兵要是敢说出去，就会被满门抄斩。云琅只看到了皇帝的中军大帐和汹涌的兽潮，至于别的，当然是太宰这个狩猎专门人士讲给他听的。他如果敢靠近皇帝中军三里之内，立刻就会被驱赶进兽潮大军里，跟无数的野兽一起接受皇帝金铋箭的检阅。

"羡慕不？想不想也有这样的一天？"太宰被皇帝无聊的屠杀弄得热血沸腾。

"你是指当野兽还是当皇帝？"

"当然是当皇帝，当初始皇帝出巡的时候，项羽、刘邦都发出感慨——大丈夫当如是，然后一人毁我大秦江山，一人毁我大秦宗庙，此赫赫之功也。"

云琅看太宰的目光非常复杂，忍不住道："这两个都是大秦的国贼。"

太宰一手抱树，一手指着平原上的军阵感慨道："就是因为知道我大秦是何等强大，才明白项羽、刘邦二人具有何等雄才伟略。"

云琅抱着树慢慢爬下来，准备去看看老虎。山下的号角、金鼓、呐喊之声飘荡四野，不知道引起了老虎哪些不好的回忆，这家伙今天待在家里一天都没有出去。云琅回到家里，见老虎大王正试图用两只肥厚的爪子捂住耳朵，却总是不能成功。它胡乱咆哮，到处乱抓，石头墙壁上满是老虎爪印。云琅叹息一声，找出两块柔软的麻布条，揉成疙瘩塞进老虎耳朵，再抱住老虎脑袋，这才让它安静下来。

"皇帝狩猎要多少天啊？"云琅烦躁地问道，好好的平静生活被强行搅乱，这让他非常不高兴。

"长则一个月，短则十八天。"

"他们这么干，哪里还有野兽的活路？！"

"不会啊，一般来说，天子狩猎，自有仁慈之心，网开一面是必需的。另外，不杀怀孕母兽，不杀幼崽，不过多扑杀猛兽，这些规矩都是要遵守的。"

"我记得我们家老祖宗就是为了保护怀孕的母鹿被始皇帝射死的。你觉得汉皇会遵守这些猎人的规矩？"

提起老祖宗被皇帝射死的事情，太宰并不悲伤，淡淡道："取舍之道存乎一心，帝王行事如同雷霆雨露，皆是恩赐，即便有负臣子，臣子也不可心存怨念。"

云琅认真地看着太宰道："如果让我亲眼见到你被皇帝像杀一只鸡一样杀掉，我即便不能杀掉皇帝为你复仇，也一定会找到皇帝最大的敌人，投靠于他，与皇帝做一世之敌。"

太宰的眼神变得凌厉，他看着云琅的眼睛道："你对皇权没有半分敬意。"

云琅拍拍趴在他怀里瑟瑟发抖的老虎怒道："我之所以会发誓言保卫始皇陵，完全是因为你的缘故，而不是始皇帝。始皇帝对我无恩，所以我不欠他的，我欠你的，这才是我留在这座荒山上过苦日子的最大原因。"

太宰苦涩道："看来大秦恩泽已绝。"说完就木偶一般地走了出去。

云琅瞅着太宰的背影也忍不住叹了口气，自己的话很重，对一个把生命都献给了始皇帝的人来说，这些话尤其残酷。

老虎需要一个更加安全、更加安静的空间来躲过皇帝狩猎时产生的噪声。很明显，只要计算一下太宰收养老虎的时间就该知道，老虎的母亲恐怕就是死在了四年前的一场皇家狩猎行动中。可怜的小老虎在汹涌的兽群中不知道经历了怎样的磨难才坚持到被太宰收养。因此，云琅带着老虎去了后山。后山多沟壑，骑兵是没有办法找到这里来的。可能是受到皇帝狩猎的影响，这里的野兽也远遁秦岭了。登上周幽王烽火戏诸侯的高台，这里早就被荒草淹没了，只有周边残存的一点灰白色的夯土还能依稀分辨出这是一座人造景观。这里距离狩猎场很远，自然就安静多了，老虎也彻底安静下来了，但它依旧不允许云琅掏走它耳朵里的布条。

背囊里装了很多的咸肉，老虎这几天没怎么进食，咸肉全是给它准备的。云琅用刀子削一片，老虎就迫不及待地吃一片。最后云琅将剩下的光骨头整个塞进老虎嘴里，老虎上下颌一用力，粗大的猪腿骨就断成两截，里面的骨髓依旧新鲜，用棍子捅出来之后，被老虎连棍子一起吃得干干净净。

很奇怪的感觉，山外越是热闹，云琅就越感到孤独。今天跟太宰无缘无故地发脾气，就是被这种非常不好的情绪所控制造成的。他还以为自己已经适应了孤独的生活，现在看起来，不是那么一回事。人间的城市，站在山顶就能看见，他曾无数次地猜想，那些城市里的人是如何生活的？是怎么快活的？那里的青楼果真只需要才学就能畅行无阻？那里的赌场里总有一些拎着棒子的彪形大汉看守场子，最终被英雄好汉砸掉吗？那里的纨绔子弟真的可以横行霸道不用顾忌后果吗？生活在一个法律不健全的社会可能真的很好，只是，你得是一个强者才行。真正算起来，山的另一边，那个站在辂车上的人才能活得真正差强人意吧。偌大的世界里，可能只有他是一个真正自由的人吧。

云琅一跃从老虎身边跳起来，吐掉嘴里的青狗尾巴草，站在台子的最边缘处，痛快地撒了一泡尿，晶莹的水珠顺山而下，落进了一道小溪中。或许皇帝的晚饭就是用这道小溪里的水煮的吧！云琅快意非常！

第二二三章 七仙女？

在山上溜达了半天，下山的时候已经是一身的臭汗。这该死的天气，一丝风都没有，只剩下一个明晃晃的太阳祸害人。沿着野兽踩出来的羊肠小径下山，云琅记得不远处就有一股温泉。不过啊，温泉口子上可不是一个好的洗澡地点，那里的水能把人烫熟，云琅跟太宰两人冬天给野猪烫毛的时候才选温泉口。顺着温泉向下走两三里地，这里才是最好的洗浴地点。云琅自己就有一个很好的温泉池子，他特意往温泉里面丢了很多大大小小的鹅卵石，池子里见不到一点泥。寒冷的冬天，除了猴子偶尔会占用一下之外，基本上就属于云琅一个人。云琅最喜欢在大雪纷飞的日子里泡温泉，外面天寒地冻，池子周围温暖如春。如果不是担心会被猎夫发现，云琅早就在这里修建屋子了。有火塘的石屋简直就不是人住的，早上起来鼻子里全是黑灰，还往往头晕目眩，这是氧气不足、一氧化碳中毒前的征兆。

还没有走到温泉池子，老虎就开始低声咆哮，这是发现外人了。拔掉老虎耳朵里的布条，老虎耳朵左右动一下，更是目露凶光，除了云琅跟太宰之外它讨厌所有的人。云琅的心一下子提到了嗓子眼，跟随皇帝来上林苑狩猎的人，没有一个简单的，非富即贵，这样的人从不缺少护卫。不过，这里距离他们居住的石屋已经不远了，云琅很担心外人发现太宰的踪迹。他一个少年，很好糊弄过去，太宰相貌特殊，有见识的人一眼就能看出他的宦官身份。没人会以为太宰是前朝宦官，只会认为他是皇宫里的逃奴。云琅相信，为了巴结皇帝，会有无数的人前赴后继地捉拿太宰的。

温泉池子所在地是一片乱石滩，这里寸草不生，只有一道热泉汩汩地在乱石中间流淌。云琅压低了身形，蛇一样地缓缓向乱石滩爬过去。两个灰衣男子背靠在树上呼呼大睡，他们前面的树干上乱七八糟地拴着十余匹马。这些马身形矮小，一看就不是战马，不过，装饰得倒是非常精巧，银质马鞍、绑着红丝绦的小巧马鞭，以及黄铜马镳头上精巧的花纹都证明能骑这种马的人应该是皇家的随从。

从一道高耸的土崖上爬过去，云琅就看到了他的洗澡池子，一瞬间，两只眼睛瞪得比铜铃还要大。池子里全是白花花的肉体，玲珑饱满的身体，银铃般的笑闹声，泼起的水花击打在肉体上的声响，如同海浪一般拍击着他的耳膜。很快，这种感觉就平息下来，云琅换了一个舒服的姿势，开始认真地观察汉代女子与后世女子的不同之处。看了很久之后，他得出一个精辟的论断，两千年来，人类外形的进化基本上没有变化。老虎毛茸茸的脑袋也凑过来了，跟云琅一起趴在土崖上往下看。可能是老虎看得太肆无忌惮，两只圆润的老虎耳朵越抬越高，一个正在嬉戏的少女无意中抬头看见了一个可疑的东西。大胆的少女从水里捞出一块鹅卵石，丢上土崖，准确地打在老虎的耳朵上。老虎吃了一惊，腾地站立了起来，一个吊睛白额猛虎的模样就暴露在光天化日之下。"啊，老虎！"一声高亢的惊叫声让云琅胆战心惊，他沿着来路往回连滚带爬，一头钻进低矮的灌木丛，而后一路狂奔。老虎瞅瞅跑远了的云琅，又瞅瞅池子里抱成一团大喊大叫的女子，一个虎扑跳下土崖，冲着水池里的女子咆哮一声，然后转身就跑。被侍女包围在中间的那名女子倒是显得很从容，在侍女发出惊叫的那一瞬，她扯过一条纱衣围在胸口，直到老虎跳下土崖这才有些花容失色。老虎来到水池边冲她们咆哮的时候，这名女子并未如侍女们那般昏厥，而是死死地盯着老虎的眼睛看，直到老虎退去。

耳听到不远处传来仆役们的脚步声，女子朗声道："不准过来！"声音清亮，仆役们虽然忧心忡忡，却立刻停下脚步，一步都不敢向前。

"大虫已经走了，找几个年长的仆妇过来，小朵儿她们被大虫吓昏了。"

仆妇们赶过来的时候，女子已经穿好了衣衫，冷冷地看着仆役首领道："卓蒙，主人家沐浴的地方竟然出现了猛虎，你该当何罪？"

满头大汗的仆役首领跪在地上连连叩首，一句求饶的话都不敢说。女子长吸了一口气缓缓吐出，低声道："仔细搜检周围，看看还有没有猛兽出没。另外，仔细检查，我总觉得刚才似乎有人在偷窥。"

仆役首领领命，立刻飞奔而去，很快，一百多名仆役就挥舞着棍子敲打着灌木丛，大声吆喝着沿着山路向上搜索。女子眼看着侍女们慢慢醒来，就走进了一座纱帐，出来的时候已经是一身猎装，手持一柄猎弓，后背背负一壶羽箭，丰胸细腰，美艳不可方物，而又英气勃勃。

卓蒙连滚带爬地从土崖上下来，来到女子面前单膝跪地捧上一枚玉佩道："回禀卓姬，土崖上发现人踪，还发现了一枚玉佩，是贼人匆忙间留下的。"

卓姬取过玉佩，瞄了一眼道："这枚昆仑玉佩价值不菲，上面又有'明月'二字的篆书，字迹是新刻的，刀法却娴熟，非名家不可。拿着这面玉佩去四处打听，看看是谁家的无赖子！"

卓蒙低头道："土崖上有人扑虎卧的痕迹，那头老虎应该是此人豢养的。"

卓姬露出一丝冷笑，养老虎可不是人人都行的，如此明显的特征，她相信一定能找出那个带着老虎一起偷窥的无耻之辈。

云琅跟老虎一起垂头丧气地向山上走，他一边走一边用力地把拳头往脑袋上招呼，天知道刚才为什么会看得如此忘我，以至于连起码的危机感都没了。太宰的眼睛红如炭火，且酣睡不醒，睁着眼睛睡觉的人云琅还是第一次见。云琅帮他合上眼睛，又用冰水浸湿了布条覆盖在他的眼睛上，再找来一片木条塞进他嘴里，免得他无意识中咬伤舌头。太宰出现这样的症状云琅也不是第一次见了，每隔两个月太宰的昏睡症状就会发作一次，只是不会在昏睡的时候睁着眼睛。时间也不对，距离上次发作才过了一个半月，这次是提前发作了。太宰说是尸毒发作，云琅认为这纯属胡说八道，没听说细菌感染会导致人每两个月就昏睡一次的。这应该是创伤后应激障碍的一种，出问题的可能是脑子而不是什么中毒。一般情况下，太宰昏睡两天之后就会醒来，云琅觉得他这一次发病跟自己对他说的那些话有很大的关系。

　　山下的狩猎不过进行了一天，其余两天都是看歌舞饮酒。卓姬在营地中到处搜寻豢养老虎的人，没有任何线索。合骑侯公孙敖家里倒是豢养着一头老虎，只不过这头老虎一向被关在虎坑之中，莫说带出来，就算是喂养老虎的仆役都已经被咬死两个了。那块昆仑玉倒是难得一见的好玉，玉佩上篆刻的"明月"二字也出手不凡。卓蒙访遍营地中的篆刻高手，也无人能认出篆刻这两个字的人。两个线索全都戛然而止，一想到自己被人家白白占了便宜，卓姬就咬牙切齿。只是一想到来长安的目的，卓姬只好放弃追查那个无耻之人，把心思开始用在正事上。

　　自从陛下任命桑弘羊担任大农丞管天下盐铁酒粮之事，蜀中最大的冶铁富商卓王孙就彻底坐不住了。一旦朝廷开始插手冶铁事宜，世上将再无卓氏冶铁立足之地。此事桑弘羊盯得很紧，他要下手的第一人选，就是蜀中卓家。卓王孙想尽了办法，依旧说动不了桑弘羊分毫，只有派女儿千里迢迢进京，希望通过贿赂皇太后来达到让卓家逃脱灭顶之灾的目的。

　　营地里的女眷很多，皇太后也来了，她跟皇帝一起居住于中军大营，等闲之辈不得见。蜀中与关中历来一体，蜀地也是高祖发迹之地。高祖出川之时，蜀中富户捐献钱粮，有从龙之功，高祖鼎定天下之后大赏功臣，即便是普通富户也与皇家有千丝万缕的联系。只是，这一次皇太后避而不见，并且派黄门把卓氏敬献的礼物一并发还，事情就非常严重了。无奈之下，卓姬准备了一份厚礼送到了长平公主门下来碰碰运气。

　　长平公主慵懒地坐在锦榻上，笑眯眯地看着进来的卓姬道："快来说说，听说你沐浴时遇见了猛虎？难道说卓姬的美丽，连猛虎都已经晓得了？"

　　卓姬苦笑道："守寡之人哪来的颜色可以娱人？卓姬没有公主的好命可以嫁得如意郎君，如今，好郎君没有招来，却招来一个牵着老虎的登徒子，真是命苦！"

第二四章 求不得是一种痛苦

"可曾看到登徒子的模样?"长平掩嘴哧哧笑道。

"登徒子没有看到,却把老虎看了个清楚。另外,他还留下一面明月君子牌。真是世风日下,一个戴着明月君子牌的登徒子把老虎推出来顶缸,自己跑得倒是很快。"卓姬说着话,把捡到的那枚玉佩递给了长平,好增加一下同仇敌忾之心,再进行下面的对话。

长平接过玉佩,瞅了一眼,扑哧一声又笑了。她把玉佩还给卓姬道:"一块好玉。前些时候,有人给美女蒙面,一眼千金却无人问津,到你这里就变成了真的。"

卓姬苦笑道:"如果《盐铁令》施行,卓姬也只有这样一条路好走了,但愿生意兴隆。"

长平笑道:"卓王孙富比王侯,即便没了冶铁祖业,就凭卓王孙治下的万顷良田、百十座山林,难道会没卓姬一口饭吃吗?尝听人言,蜀郡临邛半属皇家半属卓,富贵三代难道还不满足?"

卓姬色变，起身盈盈下拜："请公主可怜卓氏，如今的卓氏多为膏粱子弟，穷其一生只会冶铁，若没了祖业，立时就有饥馑之忧。若是能够逃脱倾覆之忧，卓氏愿意唯公主马首是瞻。"

长平叹息一声道："卓姬，你怎么还不明白？我大汉自开国以来，就与民休息，轻徭薄赋，开关梁，驰山泽之禁，以富百姓。尔殷实之家，一家聚众或至千余人，大抵尽收放流人民也。远去多里，弃坟墓，依倚大家，聚深山穷泽之中，或伐木，或采金铁，或东海煮盐。区区百年就聚集财货无数。而更为可虑者乃是尔等门下成千上万童仆之属，稍有风吹草动，就啸聚山林，对抗朝廷，视王法如无物。仅仅去年，就有山仆作乱一十九起，这如何能让陛下容忍？桑弘羊作《盐铁令》，一为筹北征之资，二来平国内之祸乱，三为控盐铁为国用。如此大政，谁人可以动摇？"

卓姬哀泣道："果无卓氏生存之道了吗？"

长平淡然一笑，指着帐外的骊山道："此地之野民，外有猎夫捕杀，内有野兽荼毒，然近十年以来，依旧捕杀不尽，反有愈演愈烈之势。有道是钢刀斩草草犹生，卓氏富贵百余年，难道连这里的野民都不如吗？天下百业只禁盐铁，卓氏就不知通权达变吗？与其哀告上位者，不如改弦易辙，从头再来。难道你卓氏准备让朝廷容忍你们万年吗？"

卓姬心中叹息，从长平一改平日说话模样，改用奏对之言，她就知道事不可为了。此时的长平是长平公主，而非平日里可以嬉笑言欢的长平。多说无益，卓姬黯然告退。

云琅的心情也不好。太宰从晚上开始，浑身滚烫，盖了三层裘皮依旧在梦中喊冷。云琅一夜未睡，给他换冰水布条降温，就连腋下、大腿根部、脚心也没有放过。直到太阳初升，太宰的高烧才退去，困倦至极的云琅不由自主地趴在床沿睡着了。

"水，水……"听到太宰的呓语，云琅猛地跳起来，匆匆地倒了一碗淡盐水，给太宰灌了下去。喝完水的太宰又恢复了安静，渐渐地鼾声大作。云琅揉揉眼睛，瞅着太宰那张老太婆一般的丑脸低声道："要活下去啊，我答应你，我们一起反汉复秦，我们一起重现大秦盛世……"太宰似乎听到了他的话，呼吸变得更加平稳，云琅摸摸他的脉搏，也似乎跳动得更加有力。

走出石屋，云琅面对朝阳伸了一个懒腰，一夜没睡，眼睛一看太阳就流泪。哄骗的招数都用了，太宰再不醒过来，云琅也就没辙了。这个时代的人生病，不论是达官贵人还是平民百姓，对付病痛的招数只有一个字，那就是——扛！扛过去了，万事大吉，扛不过去，那就只好呜呼哀哉。自从在这个时代弄清楚了这个道理之后，云琅就对自己的衣食住行非常注意。万一生病了，他可不想被太宰用他杀猪般的法子再治疗一次。在这个瘟疫横行的时代里，受凉会死人，受热会死人，拉肚子会死人，阑尾炎会死人，伤口发炎会死人。总之，病死是一个再普通不过的词了，甚至可以说，谁家还没有几个病死的年轻人？被太宰认为是贵族风范的洁癖，对云琅来说不过是一种自保的手段而已。

自从有了鹿群，云琅就有了一些鹿奶，这是从那些小鹿嘴底下抢来的。这些奶对云琅来说还是太多了，而太宰这个老秦人根本就对奶这种东西不屑一顾，认为只有妇人孺子才会吃。于是云琅就把鹿奶放在一个干净的灰陶罐子里，静置两天之后就成了酸奶。酸奶做成之后，他又用两层丝绸过滤掉奶清就成了酸酸的奶酪。看看时间差不多了，云琅就把奶酪放在火上稍微烤热，涂抹上蜂蜜，一点点给太宰喂了下去。本来他还做了一些麦芽糖的，牙口不好的太宰最喜欢吃，只可惜现在他昏迷着，没法吃。吃东西是一种本能，太宰虽然没有醒来，本能依旧驱使着他吞咽……已经三天了，太宰依旧没有醒来，好在他的呼吸越来越有力，看样子正在不断地痊愈之中。一个人是不敢得病的，或者说即便病了也没法子对外人说，在一切都要靠自己的时候，生病不生病的没有什么区别。

老虎这些天非常给力，除了忍不住会偶尔吃一只瘦弱的鹿之外，包括蜂蜜都是它弄来的。代价就是皮薄的鼻子、眼皮等部位，被野蜂蜇伤了，红肿了好些天。挑事的却是云琅。自此之后，老虎见到苍蝇都害怕。

太宰醒来的时候，云琅已经装束停当。昨日皇帝的狩猎队伍终于离开了骊山，去了别的地方，这个时候有必要下山去看看皇陵有没有被人侵犯。

虚弱的太宰一脸欣慰，指着自己的长剑道："用这一把吧。"

云琅没好气道："你不是说那是你的陪葬物吗？"

"你昨日就该下山的，每年这个时候是最危险的。"

"昨日你还没有醒来，我走了，老鼠都能咬死你。"

"我死不死的不要紧，皇陵重要。"

云琅咆哮一声，就带着老虎走了，临走之前，特意让老虎吼了两嗓子，吓跑了周围所有可能伤害到太宰的野兽。事实上，云琅这样做是白费工夫，走了一路，别说野兽了，连松鼠都不见一只。绕着高大的皇陵走了一圈，那些已经长得很高大的树木给了陵墓很好的伪装。当初建造陵墓的那些人仅仅知道一个大概位置，修建主陵墓的人已被始皇帝杀死了，负责安葬始皇帝的人，在断龙石落下的那一刻也死了。神卫知道陵墓在哪里，他们却不说，死都不说，最后就剩下太宰一个人了，如今又多了云琅。全是死人骸骨的神卫营，云琅已经看了七八遍，也就不再害怕。太宰说得没错，这里全是袍泽，就算是有阴魂在，也是兄弟，不是仇敌，不会害自己人的。这是一种强大的心理安慰。

拉开了锁链之后，云琅推开了石壁大门，钻进去之后等大门关上，在这之前他就戴上了厚厚的绸布口罩。进来后他把手里早就备好的火把丢进一个石槽里，很快，火把就引燃了石槽里沾满油脂的绳子，火焰渐渐向前方延伸，最后将空荡荡的山洞照耀得如同白昼。云琅爬上一个高大的青铜鼎，往一个巨大的葫芦里面装鲸油，鲸油点燃之后烟气很小，大鼎里面都是这东西，鲸油上面有一层水，用来防止这东西硬化。每一次拉动锁链，就是给绳子上油的时候，绳子穿过青铜鼎的底部，山壁上的锁链动一次，绳子就会穿过鲸油一次，同时也自动涂抹一遍鲸油供这次照明使用。机关很巧妙，这一青铜鼎的鲸油在不计损耗的情况下估计能用两百年。

云琅从青铜鼎上爬下来的时候，不小心踩在一颗骷髅上，他连忙移开脚，叹息一声，对有着一对黑眼洞的骷髅道："乱跑什么啊？你的身子在那边。"说完就抱起骷髅安放在一具骸骨上。骷髅自然不会乱跑，这里有鲸油，所以就有很多老鼠，骷髅就是被老鼠不小心碰掉的。装绳子的水槽里，是云琅最不喜欢看的地方，槽子里总是有很多死老鼠。照明的时候老鼠自然不敢来碰着火的绳子，云琅出去的时候只要搬动机括，绳子就会沉进水里，水里有毒，想要吃绳子上油脂的老鼠也会被毒死在水槽里。

第二二五章 新发现

骨骼标本的储存是一门大学问,可惜云琅不懂,但他知道将这么多骨骼堆放在潮湿的环境里很容易引发火灾。淡蓝色又带着一点黄色的磷火在骨骼上虚无地燃烧着,偶尔会有一两点磷火离开骨骼的束缚飘浮在半空,只是一瞬间就熄灭了。刚才开了大门,有新鲜的空气涌进来,所以,磷火就越发密集,如果云琅不明白氧气助燃这个道理的话,很可能会认为这是死去的同伴正在夹道欢迎他。太宰就是这么认为的,每一次来到这里看到磷火满天飞舞的样子,他就悲伤得不能自抑,他甚至会向每一朵磷火问好,并且叫出人家的名字,然后去拥抱人家,而那些磷火总是会避开……这让太宰更加悲伤,认为这是他昔日的长辈与兄弟不想伤害他,不想让他沾染阴气从而减短寿命。对于这件事,云琅是不解释的,也没有必要解释,一个人有精神寄托也是一件好事。太宰有这样的感觉让他对死亡没有半分恐惧,甚至觉得死亡才是他真正的归宿。云琅大声地向那些飘浮的磷火问好,还点燃了从外面捡来的松枝当作香烛,慰藉这些死魂灵。他以前不相信这些,现在因为自身变化的缘故,他变得不那么肯定了。

作为一个生活方面井井有条的人，云琅不能容忍这里杂乱无章的模样。一具骸骨上不能有两颗骷髅，这是常识！只要他来一次，他就重新安排这些骨骼排列的方式，中间可能会有一些乱，比如把张三的腿骨安在李四的身体上，不过这不要紧，他们是过命的兄弟，你用我的腿，我用别人的腿，问题不是很大。鹿皮手套使他避免与骨骼直接接触。看着今日重新摆好的十具骸骨，云琅很有成就感，也让他对人体骨骼的认识上了一个新台阶。

每一次来到神卫营，他都会重新搜检一遍，每一次搜检都会有新的发现。比如这一次，他就在一个不起眼的小房子里发现了一具女子的骸骨，骸骨上的衣衫虽然褪色了一点，依旧能判断出来，这是一位身份高贵的女人，掉了满地的头饰，每一件都出乎云琅意料地美丽。皮肉被年月侵蚀销尽了，只有一头的乌发盖在淡黄色的颅骨上。指骨掉了一地，腿骨也散乱地倒在她坐着的木头箱子之下。透过脊椎骨，能够看到一柄发绿的青铜匕首卡在肋骨中。正是第二根肋骨与第三根肋骨中间，看得出来，下手非常狠，只要从下向上用刀，基本上就能做到一刀毙命。刀柄上还残存着一截指骨——她是自戕身亡的。云琅缓缓抽出那柄匕首，用鹿皮手套擦拭之后在匕首上发现了两个梅花篆字。远看为花，近看为字，花中有字，字里藏花，花、字融为一体，字体刚劲有力，就是梅花篆字的特点。这是在篆字的基础上，将梅花镶嵌在字内，使之天然成为一体，远看像篆字飞舞，近看似梅花盛开，篆字本来就令人很难读懂，加上梅花的点缀，便显得更为生涩难懂。这让云琅大为光火，费了九牛二虎之力才辨别出上面似乎是"红玉"二字。匕首上的铜锈是被尸体浸染所致，轻轻擦拭，绿色的铜锈就消失了。这柄匕首虽然在这里很久了，刃口部位依旧寒气森森。同样制式的匕首云琅也有一把，应该都是出自徐夫人之手，只是两柄匕首在质量上却有云泥之别。不论是锋利程度还是做工、装饰，云琅的那柄匕首跟这柄红玉匕首一比，基本上可以扔掉了。

这间房子很小，墙角还堆着大量的锄头、柳条筐一类的工具，应该是杂物间才对。只是那个木头箱子上面上了黑漆，夔龙纹出现在箱子的每一个边角上，中间的黄铜挂扣虽然失去了光泽，却古朴大方。云琅想了很久，才忍住要打开箱子的冲动——天知道一个能对自己下狠手的女子会不会在箱子里放什么机关。万一箱子一打开，里面喷出火焰，或者毒针、弩箭就不太好了。还是留着让太宰打开，他在这方面比较有经验。戴着口罩的老虎样子很滑稽，这是云琅为了控制老虎去碰那些骸骨做的一点小小的防备。猫科动物，不论是老虎还是小猫，都是好奇心重得要死的，说服老虎戴口罩费了他很大的力气。

云琅不好过久地打扰这个妇人的安宁，就走出这座小房间。走出房门之后，他总觉得哪里不对，思索了很久也没有发现蹊跷之处，就继续沿着每一间房间搜寻。不知道过了多长时间，绳子上的火焰渐渐变小了，云琅也就要离开了。绳子上的油脂燃烧完毕，火焰就会损伤到绳子，即便绳子里面绕着粗大的铜丝。他临走前若有所思地瞅了一眼妇人自杀的房间，熄灭了灯火，挑着一个可以折叠的"气死风"灯，沿着台阶攀缘而上。出口处的机关很讨厌，只能从里面打开，却没有法子从外面打开，每打开一次机关，云琅就会被折腾得满身大汗。

山洞外面就是他来到这个世界的起点，每一次从山洞里出来，站在自己来到这个世界的地方，就像是获得了新生。柔柔的风从远处的河谷地带吹来，带着草木青香，风中的水汽沁人心脾。给老虎卸掉口罩，口罩上已经沾满了它的口水，湿答答的。一个少年带着一头猛虎站在山崖之上眺望远方，这个场景一定非常有看头。

回到住处之后，云琅告诉太宰一切安好，太宰也对目前的状况非常满意。只是他的目光总是会避开云琅特意放在他面前的那柄刻有"红玉"的匕首，还下意识地远离匕首，似乎那上面附着恶魔的灵魂。

当云琅第三次将匕首放在他眼前的时候，太宰不得不正视它了："唉——喜欢这把匕首就留着，你何苦要弄清楚它的来龙去脉呢？"

听了太宰的话，原本一脸肃穆的云琅笑开了花，他一把将匕首抄在怀里，第一时间丢进早就烧开的开水里面消毒："我只想要匕首，谁想知道匕首后面的故事了？你嘴里所有的故事没一个是让人欢喜的。听你讲故事，我迟早会变成一个杀人魔王。"

云琅识情知趣的做事方式是太宰最欣赏的："如果始皇帝在位，你将是我们太宰一门中官职最高、权力最大、最受始皇帝宠爱的一代太宰。"

"如果始皇帝在位，我为什么一定要当太宰？不说别的，光是腐刑这一关，我就过不了——我宁愿去要饭也不干自毁身体的事情。"

太宰笑道："我遭受腐刑，是因为我愿意，到我这一代已经无所谓腐刑了。因为，最后一个宫人去世了。"

"红玉？"

"是啊，华庭公主嬴燋曼的女儿玉滋翁主。你手里的红玉匕，就是她最心爱之物。"

"从她的装束及头发来看，她很年轻啊，干吗要自杀？我相信你们一定把她照顾得很好。"

"不见天日二十年，你也会自杀的。"

云琅想想也是，就把这个念头抛开了，始皇帝死的时候，殉葬的人除了他的三个儿子之外，还有十个女儿，更有成千上万从六国弄来的美女。虽然都是胡亥干的坏事，不过啊，事情的源头就出在始皇帝自己身上。他们家族灭亡，其实没什么大不了的。秦人勇猛，却也残毒，不论是秦汉，还是大唐，都逃不出自相残杀的老路。

"乳酪很好吃，你怎么不吃？"太宰的碗里堆满了烤好的乳酪，晶莹的野蜂蜜带着蜂蛹涂满了奶酪，酸香扑鼻。

云琅抽抽鼻子道："跟你以前不喜欢吃麦面，精米留给我吃是一个道理。"

"这里有很多。"

"还是算了,我吃了一块就想吃两块,吃了两块就想吃三块,最后,你要是不把碗里的都给我,就会成我的仇人。我还是从一开始就克制一下。"

太宰哑然失笑,却不再说让云琅分吃乳酪的事情。

"跟你说啊,我准备走一趟阳陵,看看大汉的世界是个什么样子。"

"如今上林苑外面有重兵把守,你如何出去?"

"我看了,羽林、拱卫基本上都跟随皇帝去了龙首原,这时候骊山反而无人注意,也没有猎夫为祸,正是出去的好时候。"

太宰思索一下,看着云琅道:"你年纪太小……"

"拉倒吧,你会不知是怎么回事?我以前也是昂藏男子汉,只是被雷火劈了之后掉了很多肉才成这样子的。放心,没什么事情是我不能解决的。"

太宰撇撇嘴道:"天知道你说的是不是实话,我看见你的时候只看见一团焦炭从天而降。好吧,你总是很有主意,不过,一定要小心,事不可为就不为,先要保住性命。"

云琅苦笑着指指外面道:"其实外面的世界被刘姓皇帝治理得还不错,至少城市里就没有荒原上这么黑暗。"

第二二六章 冤家路窄

　　静谧的夜晚，石屋子里面亮堂堂的，鲸油蜡烛比猪油灯明亮得太多了，高大的烛焰不断地将扑火的飞蛾烧死，太宰就这样趴在桌子上愣愣地看着飞蛾找死的过程。云琅受不了飞蛾烧焦的味道，恨恨地将罩子扣上，明亮的房间顿时暗了很多。自从太宰发现云琅是一个可靠的继承人之后，他的智商就在不断地降低，沉默、发愣的时间比云琅初来的时候还要多，现在已经是云琅在决定两人一天要干什么事情、不干什么事情，他已经非常习惯于接受了。或许，他接受的宦官教育本来就使他习惯于接受命令，而不习惯于发号施令。

　　用徐夫人制作的匕首来削简牍自然是一种浪费，不过，云琅有了那柄叫作"红玉"的匕首之后，无名匕首自然要退位。云琅习惯用最好的，这也是后世人的一个特点，他们早就被层出不穷的新发明、新创新弄得眼花缭乱，永远都走在接受新事物的路上，这非常了不起。

　　"你该睡觉了，昏倒了又要我伺候你，记得睡前把鹿奶喝了。"月上半空，太宰依旧不睡觉。没了飞蛾可看，他就无聊地盯着云琅看，看得云琅很不自在。

太宰端起火塘边上温热的鹿奶，一口喝干之后就直挺挺地躺在床上。云琅想去阳陵县看看，来到大汉这么久，他还对大汉没有任何的现实感觉。他所知道的都是从简牍记录与太宰的诉说中得来的，这可能很不客观，至少，太宰的话就带有鲜明的大秦视角。

长安城是宫城，其中皇宫就占据了三分之二的面积，其余如驻军以及中枢的各种衙门又占去了剩余面积中的三分之二，剩下的则是各种各样的店铺与客栈，民居很少。所谓冠盖满京华，指的就是大朝会时的壮观场面。在长安城的周边零星地散落着四五座卫星城，阳陵就是其中的一座，且是最繁华的一座。阳陵之所以最繁华，主要原因就在于这里是刘彻父亲刘启的墓地所在地。刘启的坟墓整整建造了二十八年，在这二十八年中，小小的工地最后变成了一座繁华的县城。这是经济规律的必然产物，二十八年是大工程、大投入，崛起一座县城实在是不算什么。

云琅说要走，实际上还不能立刻出发，无论如何也要等太宰的身体恢复了才成。这样他就又停留了两天。到了要走的这天，他背着背包，携带着自己的全副装备，从弩弓到长剑，再到匕首和攀爬高山用的钩索。薄底的狼皮靴、麻布制作的蓝色深衣、绾起来之后用簪子插住的发髻，就是头发很短，不用布条扎住就会散开。太宰最后用一块蓝色的绸布裁了一块头巾，这才遮掩住他的短发。

"万事小心！"

云琅点点头，告别太宰，带着老虎走了。云琅没有马，从山上到山下就走了半天，到了平原上，就不能带老虎了。一旦老虎被那些羽林看见，羽林会发疯的，皇帝行在，居然还有不被控制的猛兽，是羽林的失职，更是大罪。云琅驱赶了老虎八回，才把它赶走。看着老虎像个被抛弃的孩子一样呜呜地低鸣着向山脚走，他的眼睛竟然有点湿。说真的，在这个世界上，与他最亲的并非太宰，而是老虎。

阳陵在骊山东面，更靠近咸阳，路程足足有一百里。这对云琅是一个很大的考验。走上大路之后，他就装作一副无害的模样，背着奇怪的背囊快步走。他很希望碰见像督邮方城这样的人，能够捎他一程。

地里的禾苗已经有一尺来高了，长得稀稀疏疏的，低洼的地方水足，麦苗就长得高些，高处的浇不上水，麦苗就长得发黄。数量最多的却是谷子跟糜子，这太浪费土地。如果肥料和水能够跟上，关中夏日长，完全可以在收割了麦子之后再种一茬谷子跟糜子。

糜子已经抽穗，现在正是灌浆的时候。云琅来到地头仔细地观察庄稼长势，原本在地里劳作的妇人就害羞地蹲在田地里——她没有穿衣服。云琅大方地跟妇人挥挥手，再丢给她一小袋盐巴，指指糜子地里的火穗，就愉快地拔了起来。这东西很奇怪，长得跟糜子一样，却不结黄米，叶苞里面是一根外皮发白、里面发黑、筷子粗细、一寸来长的东西，很好吃，有点吃馒头的感觉。妇人接过口袋，瞅了一眼里面的盐巴，惊叫一声，然后就继续蹲在地里看这个奇怪的少年在糜子地里拔火穗吃。见少年吃得满嘴发黑，妇人不由得笑了起来，这么漂亮的少年居然喜欢吃这东西。她把箩筐里面的火穗捆成一把，远远地丢给云琅。云琅捡起火穗，朝农妇挥挥手，重新上了大路。刚才糜子地里的火穗极多，这说明，糜子的收成不会很好。

路上一连遇见了三波羽林，因为云琅的衣着与气度一点都不像是野人，更加不像是宫奴，再加上年纪幼小，人畜无害的样子，他们连盘问的过程都省略掉了，以为他是哪一个随皇帝狩猎的勋贵之家的童仆。其中一群人还非常无礼地拒绝了云琅要求把他带出上林苑的要求，自顾自打马飞奔而去。很多时候就是这样，你越是毫无顾忌，别人对你就越是尊重，要是唯唯诺诺，跟一个贼一样，即便是没偷，人家也会多问你几句。

眼看就要到下午了，云琅很发愁，不知道今晚应该睡在哪里。放眼望去，前面是大片的农田，后面也是大片的农田，旁边是波涛滚滚的渭水，看起来壮观，却没有什么人烟。仅有的几个三角形窝棚，云琅一点都不想去，跟宫奴们在窝棚里挤一晚上，他第二天就会被满身的虱子、跳蚤吃掉。好在后面出现了一长列车队，最前面的马上骑士手里擎着一面旗子，云琅仔细看了，才发现上面写着一个硕大的"卓"字。

这就很让云琅欢喜了，如果是飞虎旗一类的旗子他会立刻跑远——平民在山野见了王侯车队，必须站在路边施礼，等王侯车驾走远了才能继续前进，但凡有任何异动会被认为是图谋不轨，就算是被砍掉了脑袋，也是白砍。云琅笑得如同一只招财猫一样拱手站立在路边等候车队主人的到来，求人的时候不妨把姿势放低一点，没坏处。

一辆马车停在云琅身边，一个头发灰白的老人掀开车帘道："少年人可是有所求？"

云琅施礼道："小子预备去阳陵，只是路途遥远，年少力乏，不知能否借贵主人车驾一角去阳陵，小子在这里感激不尽。"

老者哈哈笑道："快上来，正要去阳陵，我家主人仁慈，不会介怀，老夫也正好一人闷得慌，一路上有你做伴谈天，正好稍解寂寞。"

云琅谢过老者，爬上骡车，赶车的马夫轻轻地挥挥鞭子，骡车就重新汇入车队之中。骡车很宽大，里面铺着厚厚的毡垫子，还有一个小小的案几摆在车上，案几上摆着笔墨，墨盅却是镶嵌进了案几，最妙的是案几上还镌刻着一副围棋棋盘，只是比云琅熟悉的围棋棋盘少了两道，为纵横十七行。

老者见云琅的目光盯在围棋上，不由得惊喜道："少年人也知博弈？"

云琅露出一嘴的白牙笑道："自幼就知，只是长大之后再无敌手。"

这句话只要说出来，在围棋界，如果不遭到殴打的话，那就一定是要分出个胜负来的。老者果然大怒："小子无礼，博弈一道精深高妙，既有兵家纵横之机，又有阴阳五行之妙，尔乳臭未干何敢大言炎炎？"

云琅整衣净手然后拈起一枚黑子放在左下角,准备以向小目开局。没想到老者竟然大咧咧地将白子放在天元的位置上,还冷哼一声道:"第一手不知抢占中原,反而去经营蛮夷之地落于下流。"

云琅闻言大喜,知道自己遇见了传说中的棒槌,立刻在平线上布了一子。只有真正的高手才会无视落子天元的天生劣势,至于这个口口声声上流下流的老头,如果不是棒槌才是怪事。

卓姬倚靠在马车窗户上愁容满面。在骊山沐浴被登徒子偷窥一事已经不被她放在心上了。桑弘羊铁面无私,又获得皇家的鼎力支持,《盐铁令》颁行天下已是板上钉钉的事情。蜀中卓氏世代以冶铁为业,确实如长平所说,山野之中,卓氏还有上万童仆在挖矿炼石。支撑卓氏百年富贵的不是那些田地,也不是那些山林,更不是家中上万的仆役,而是藏身山林之中,没日没夜为卓氏采矿的奴仆。《盐铁令》一旦颁行,官府勒令奴仆下山,如此一来,卓家大势将去也。

这一路上昏昏沉沉,卓姬在半梦半醒之中,忽然听到一阵怒吼,不由得眉头一皱,扬声问道:"何人喧哗?"

守在马车外的仆役连忙回答道:"平叟正在与一少年争执。"

卓氏虽然不是王侯,却也有自家的家臣,平叟就是家臣之一,此次前来长安游说,能见到长平公主正是平叟从中牵线搭桥,虽然没有成功,也居功甚伟。此人历来以思虑缜密、行事稳重颇受卓王孙看重,卓姬怎么都想不通他怎么会跟一个少年争执,车队之中又有哪一个少年敢与平叟争执。

眼看太阳就要落山,卓姬吩咐道:"就在渭水边扎营,明日再走。"

第二七章 阴阳家

平叟在棋局上力求美轮美奂，云琅在棋局上力求勇冠三军。然后……平叟在棋局上制造的古典主义美感，被一头纵横无敌的野猪拱得七零八落。

"唉！"平叟丢下手里的棋子长叹一声。

"博弈怎能如此下手？围而不杀方为上策，不战而屈人之兵方为正道。少年人，你的杀伐气太重了，失去了博弈的趣味。"

云琅得意扬扬地捡拾着平叟被吃掉的一大片棋子，瞅着自己黑棋中间出现的一大片空白满意地道："博弈，博弈，怎能围而不杀？昔日宋襄公遇楚军不乘人之危，结果一败涂地。白起长平对赵用兵，若是围而不杀，哪来强秦日后一统六国之荣耀？既然是博弈，自然要寸土必争，寸土不让，如此才能博出一个胜负，博出一个结果。"

平叟皱眉道："汝非童仆？"

云琅惊讶道："小子乃是缙云氏子弟，良家子之属，如何能是童仆一流？"

平叟点头道："看你风度也非童仆，只是你缙云氏远在蔡地，为何你一人出现在上林苑?"

云琅笑道:"家中管教甚严,小子不喜约束,遂一剑一囊行走天下。"

平叟哑然失笑道:"呀呀呀,你能活到现在实属不易,难道你不知你这样的美少年乃是贼人眼中的膏粱吗?"

云琅笑道:"路遇三个贼人皆被我为民除害,能走到关中,也多亏三个贼人腰囊丰厚。"

平叟豁然变色,坐直了身体道:"你斩杀了三个贼人?"

云琅耸耸肩膀道:"他们要把我卖进男风馆,小子自然送他们去地狱。"

平叟老于世故,看得出来云琅并非作伪,拱手问道:"尊师何人?"

云琅烦躁地一把拂乱棋子道:"我被人逐出门墙,又被亲族欺我年幼霸占田产。本欲以掌中剑讨还公道,却不忍背负弑亲之名,只好远走他乡。终有一日,我当衣锦还乡羞煞那些目光短浅之辈。"

云琅寥寥两句,就把自己塑造成一个悲愤的少年英雄模样,他觉得这样的少年人,只要这些大户人家眼睛不瞎,应该会起招揽的心思吧?

果然,平叟为云琅愤愤不平几句之后,立刻道:"前路盗匪如麻,你虽自恃勇力,到底年幼。这乡野之贼狡计百出,害人手段层出不穷,尔只要有一次闪失,就会陷入万劫不复之境地。我主卓王孙乃是蜀中大富之家,仁义之名远播天下,你可愿意暂时托庇在我蜀中卓氏,以待他日衣锦还乡?"

云琅笑道:"我若愿为童仆,也就不会与大将军卫青的外甥做生死之斗,并订下一年之约。大丈夫前路崎岖,死则死尔,先生万万不可以贱事羞辱于我。"

平叟心中一凛,前些时日,就是他负责促成卓姬与长平公主结识,自然是时时刻刻关注大将军卫青府邸的所有动静。卫青外甥霍去病与一少年争斗落败愤愤不平之事他岂能不知。他更加明白那个少年以血鹿为引售卖血参这个聪明的行为。而血参这味新药就连长平公主都起了觊觎之心,他如何能不心动?

"缙云氏乃是高门大族，我主上如何能以贱业轻薄少年英雄？"平叟转瞬间就变成了云琅初见时的那个和蔼老叟。

云琅还是摇摇头道："我尝听闻蜀道难，难于上青天。进出一次不易，我并非畏蜀道难，却是担心与霍去病的一年之约，在下已经没了宗族与师门荣名，却不能再失去承诺。请先生恕我不能从命远遁蜀中。"

平叟哈哈大笑道："这有何难！我卓氏产业遍布大汉，即便是偏远的吴越之地也有店铺，更莫说这京师要害之地。少年郎不愿毁诺，乃是高风亮节之举，老夫如何能让你英名尽丧？"

云琅似乎松了一口气拱手道："既然如此，请先生为云琅引荐，日后必不敢忘先生大恩。"

平叟哈哈大笑，捋着胡须道："不难！我卓氏大女在此，且容老夫前去为你说项。"

云琅跳下早就停止的马车，将平叟搀扶下来，目送他向前面最大、最豪华的那辆马车走去。他脸上浮现出诡异的笑容，双手后背，双腿叉开，腰身挺得笔直，以最好的"卖相"等待卓家长女的到来。

"先生说此子就是与大将军府羽林霍去病斗殴并获胜的那个少年郎？"卓姬也感到非常惊讶，大将军府穷搜不得的人居然被自己在路上捡到了。

平叟笑道："如果仅仅如此，也不足为喜，卓氏府上身手高绝的虎狼之士数不胜数，即便是招揽他，也不过一看家的护院而已，还不值得老夫大动干戈亲自为他说项。此子身怀宝物却不自知，这才是老夫看重他，并且要求卓姬给他丰厚报酬的原因。"

"什么宝物？"卓姬站了起来，能让平叟这等见多识广之人称为宝物的东西恐怕不凡。

"血参！"

"此为何物？"

"老夫不知！"

"啊？"

"卓姬莫恼，老夫之所以确定此物是宝贝，乃是相信长平公主的眼光。霍去病以三两好银仅仅购买了两株血参，这原本可以认定此子是在讹诈霍去病。然，大将军府只恼怒云琅击败霍去病，却对霍去病用三两好银购买血参一事沉默不言，这至少可以说明，那两株血参的价值绝对在三两好银之上。我卓氏遭遇《盐铁令》，如今看来已经不可抗拒。一旦我卓氏停止冶铁，就必须另外开发财路，才能维持卓氏不败，以老夫之见，这血参不可放过。"

云琅站在夕阳底下，身影拖得好长，远处无数的仆妇、侍女朝他指指点点，他面露微笑，把身板挺直的时间长了，也觉得很无聊，遂来到河边，蹲在一块倒塌的石碑上瞅着滚滚的渭水出神。太宰当初判断他只有十二三岁，可是这一年就要过去了，他的身高蹿了很多，他估计，自己至少有一米七，现在说他有十五岁也不会有人怀疑。这个身高，放在大汉成年人中间也不算矮小，再加上猿臂蜂腰和一张漂亮的脸蛋，非常具有诱惑美女的本钱。

"此子桀骜不驯，卓姬可晾他一晾，现在过去未免会让他觉得主人好欺。"

卓姬透过纱帐的窗户看了云琅一眼，咬牙道："不知为何，我倒看他那张脸就感到不适，能否强求？"

平叟一张和蔼的脸顿时就拉下来了，庄重地拱手道："事情已经在我们预料之中进行，成功已经是唾手可得之事，卓姬因何要节外生枝？仅仅因为看不顺眼就改弦易辙，智者所不为也。"

平叟在卓氏位高权重，即便是卓姬也要对他礼敬有加，见平叟发怒，敛身施礼道："卓姬知错，请先生莫要恼火。"

平叟叹口气道："卓姬，你可知你兄弟数十人，为何老夫偏偏对你这个孀妇格外亲厚？"

卓姬落泪道："这是卓姬的福分。"

平叟看着卓姬道:"你是在我眼前长大的,还是老夫为你以及你的那些兄弟开蒙。因此,你们所有人的秉性老夫都一清二楚。你少年之时就聪慧无比,读一知十,只可惜你不是男儿身,否则,卓氏基业传承非你莫属。你如今还有父亲可以垂怜于你,一旦你父亲去世,你落于你那些兄弟之手,下场必定惨不堪言。老夫年迈,还能为你卓氏操劳五年,五年之后我将笑傲泉林之下。我唯一放心不下的就是你,总想用这五年时间帮你一把。五年之后,你还能依靠谁?云琅此子一诺千金大有古人风范,兼之文武双全,正是你可以依靠的助臂。血参为其一,云琅为其二。血参可以肥你卓氏,云琅若能收为心腹,他可保你一世平安。这才是老夫借重云琅的所在。"

云琅在外面站了很久,迟迟不见卓氏长女过来收揽,慢慢地心里就很不高兴。不过,他并没有将喜怒表现出来,觉得肚中饥饿,恰好侍女端着满满一木盘的食物经过他面前。他随手从木盘上捞过一只煮熟的鸡,在侍女愤怒的叫声中凶狠地扭断了鸡的脖子,在最肥美的鸡胸部位狠狠地咬了一大口。

"他是一个粗俗的人。"卓姬叹口气道。

平叟满意地瞅着吃鸡的云琅笑道:"这是一头乳虎,他天生就该高高在上。"

"先生,您说卓姬以后真的要靠此人?有些草率吧。"

"卓姬,老夫上一次看人有这种感觉的就是司马相如,而此人给我的感觉更加强烈。"

"什么样的感觉?"

"说不清楚,老夫出身阴阳,历来以平衡阴阳五行自傲,尔父之所以重我、敬我,不是因为老夫可为门下走狗,而是因为老夫这双眼睛从无差错。此人来自东方,木性温暖,而火隐伏其中,若钻木而生火,则呈燎原之势。"

"如此,卓姬这就前去好言招揽。"

一只肥鸡,饥饿的云琅三两口就吞入肚中,吃相虽然粗鲁,饭后净手的程序却万万马虎不得，需要彻底清洁。他一边在水边净手，一边瞅着走过来的戴面纱的女子，微微笑了一下，看样子，自己来大汉的第一份工作就要有着落了。

第二八章 考核

"君有何长处,意欲入我卓氏为仆?"直到很久以后,卓姬都清晰地记得自己站在渭水边上问出的这句话。

云琅轻轻地撩拨着有些浑浊的渭水笑道:"女公子有何长处,可令我云琅为你卓氏奔走?"

"月俸五两好银如何?"

"如此,卓氏一月可问我下等事一次!"

"难道说君为主上分忧还要挑拣一番不成?"

云琅大笑道:"君王讲平衡,则万事皆可调理。将相讲平衡,则百变不失身。士人论平衡,则处事得先机。农人行平衡,则稼穑兴旺。得到多少就付出多少,原本就是这世间的大道理,女公子缘何不知?"

卓姬强压怒火问道:"既然如此,多少代价可问君中等问题?"

"一斤黄金!且三月一问!"

"若上等问题不知君作价几何?"卓姬的声音不由自主地变得尖厉起来。

云琅慢慢起身，用手帕擦拭着手上的水渍道："你可能问不起！"

卓姬浑身颤抖，转身就走，云琅轻笑一声道："你不试试，怎么知道我要的价格是高了还是低了？"

卓姬豁然转身，双目中的怒火似乎隔着面纱也能将云琅点燃。若不是平曳言之凿凿，卓姬决计不会容忍云琅如此羞辱于她。随着卓姬一声令下，她身边的丫鬟就在地上丢了一锭雪白的银子，银光灿烂，一看就是好银。云琅并不计较卓姬的态度，俯身捡拾起银锭，拿在手上仔细观瞧，确认这锭银子没有任何问题，就对冷笑着的卓姬道："你可以问一个下等问题了。"

卓姬指着渭水道："我想知道渭水长几何？"

云琅皱着眉头道："你确定要问这种无聊的问题吗？"

卓姬怒道："现在就想知道！"

云琅将银锭在手上抛一抛满意地笑道："也好，银子是你的，怎么花是你的事情。听好了，渭水源于陇西郡首阳县乌鼠山，经上邽县而入内史地，过咸阳、长安、骊邑、下邽等地，最终于桃林塞汇入大河。此河全长共计一千六百里。文帝十五年，渭水在骊邑决口，出动河工六百，民夫三千七百余，损耗钱粮七十六万钱，方堵住缺口。景帝六年，陇西大雨一十七日，渭水再决口于骊邑……出动……等一下。"

在目瞪口呆的卓姬注视下，云琅匆匆地来到刚才洗手的位置，看了一会儿脚下的石头，重新跑过来道："骊邑仓官韩大钟率领河工一千三百余，民夫一万三千人，耗钱五百万……"

卓姬眼中尽是迷茫之色，她不信云琅可以博览群书到这种地步。听他言之凿凿又不似胡说八道，正百思不得其解的时候，想起云琅朗刚才诡异的动作，就来到河边他刚才去的地方。低头一看，差点被活活气死——水边赫然倒着一面渭水河工事碑！

云琅见卓姬脸色铁青，讷讷地道："我劝过你了，你非要……"

"此事休要再提,从今起,你就是我卓氏长安铁坊的客卿,月俸五两好银,属平叟先生麾下。"

云琅笑道:"其实你还可以问我骊山之高的,我在骊山脚下还发现了一座……"

话没说完,卓姬就不见踪影了。平叟安静地坐在纱帐里看书,见卓姬气冲冲地回来了,就放下一片简牍笑道:"我且问你,你问渭水之长,可是早先准备好的?"

卓姬摇头道:"一时起意。"

"那座写满答案的石碑可是云琅事先存放的?"

卓姬摇头道:"绝无可能。"

平叟笑道:"既然是天意,你为什么会生气?"

"我……"

"恭喜卓姬,此人不但身负重宝,还有大气运在身,得如此人才,卓姬日后定当事半功倍。老夫对这个少年越发感兴趣了,哈哈哈……"

平叟大笑着出去找云琅,卓姬坐在纱帐里冰冷的脸上也逐渐浮出笑意,想起刚才发生的事情,最后不由自主地扑哧一声笑了出来。

天色完全黑了下来,头顶乌云笼罩,一颗星星都看不见,大河呜咽,倒映着火光,颇有半河残血半河黑的意境。云琅不断地打饱嗝,傍晚的时候吃得太快,以至于胃还来不及发出已经吃饱的讯号就被塞了更多的食物。

平叟发现云琅不停地打嗝,他从包裹里取出一块黑乎乎的东西,冲着云琅挤挤眼睛笑道:"老夫这里有止嗝良药。"云琅借着火光仔细看了一眼,又拿过来闻闻,最后掰了一小块放嘴里尝了尝才确定,平叟手里拿的是他非常熟悉的茶。在不确定这东西是茶之前,云琅对汉人的食物非常排斥,在这个曼陀罗都能泡水喝的时代,天知道什么是能吃的,什么东西不能吃。尤其是平叟这种古怪的老头子,有什么古怪的癖好要是不知道,随便吃他给的东西,风险很大。

看到茶，云琅的心就跳得如同打鼓，这才是他在大汉遇到的最好的东西。在平叟惊讶的目光中，云琅又掰下来一块茶饼，拿过平叟还没有从包裹里掏出来的青铜小罐子，熟练地将茶饼丢进罐子里，然后放在火上烤。一边烤，一边轻轻地摇晃着罐子，看见包裹里有黑芝麻，抓了一把丢了进去，当美味的焦香味道传来之后，他就往罐子里倒了沸水，刺啦一声脆响，茶香四溢。当云琅将自己仅剩的一点麦芽糖丢进茶水罐子，平叟的眼睛立刻就变得闪闪发光。不是因为那点麦芽糖，而是吃惊于云琅对茶的熟悉程度。在大汉，茶还只是蜀中一种非常小众的饮料。在关中，它只是药，不是每天喝的东西。这少年不是蜀中人，如何对偏门的茶叶习性如此熟悉？当云琅将一杯茶水放在他面前的时候，平叟放下心中的疑惑，端起杯子专注地品茶。他很快就发现云琅在做与他同样的动作，先闻，然后小口品尝，最后一饮而尽。云琅给茶水里添加了一点麦芽糖，麦芽糖并未化尽，喝一口茶水，就有一丝麦芽糖入口，苦涩中有甜，只是苦味占据了大半。

一连喝了三遍，云琅就把罐子里的茶叶倒掉，洗干净了罐子重新装进平叟的包裹里，见平叟意犹未尽，就笑道："喝多了茶水晚上很难入眠。"

"为何？"

"什么为何？"

"汝为何知晓茶叶之妙？"

"不奇怪吧？神农尝百草，日中七十二毒，就是靠这南方嘉木解毒。"

"神农氏自然如雷贯耳，只是何来尝百草日中七十二毒之说？至于茶叶解毒，老夫也是首次听闻，不知书于何典？"

听平叟这么问，云琅就知道自己又被后世的历史给忽悠了。故事当历史果然是不靠谱的。见平叟瞪大了眼睛等他回答，就笑道："乡野传说而已，不足为信。"

"令师定是一位奇人。"

交浅而言深自然是不妥的，平叟虽然好奇却不能逼迫云琅将所有的事情都说出来。

"他就像是天上的神祇，无所不知又神通广大，脾气暴烈，喜怒无常，明明胸怀经世千才却不愿出山一步。他是我极为尊敬又极度痛恨的人。不说了，今日饮了先生的好茶，云琅身无长物，见先生脖颈似乎不便，有两块得自深山的良药奉上。此药补血活络之能天下第一，先生若能将这野三七与肉桂、粳米同煮，时日久了，自然能够收到奇效。"

平叟接过野三七看了一眼，记住了它的外形似笑非笑地道："此物难道不是叫作血参？"

云琅尴尬一笑道："囊中羞涩，只好行此下策，不过，霍去病以三两好银换我两块野三七也不算亏。"

"仅仅是熬粥食用吗？"平叟有些失望。

"如果能够找到君臣佐辅的配药，此物当成世间奇药。"

"云琅可知？"

"不知，只知道家师手中就有这样一种治疗金疮的奇药，主药就是这野三七，其余配药一无所知。"

"这就是了，好东西总该有个好用处的，否则就浪费了上苍的好意。云琅，你不会真的一个月才回答一次主家的问题吧？"

云琅点点头道："人无信而不立，既然事先说好了的，那自然要遵从。否则，不但对我不好，也是对主家的不敬。"

平叟笑道："这样也好，至少让主家明白了一个道理，那就是每一个问你的问题都作价五两好银。也只有知道了问题的价值，主家才会重视你给出的回答。毕竟，不花一文钱得来的消息跟花五两好银得来的消息在重视程度上差别好大。看样子老夫以后也要订立这样一个规矩，免得很多人总拿老夫的话当放屁。"

　　从正规的谈话转变到平日闲谈，平叟转化得几乎天衣无缝。公事、私事、寒暄问候、探讨问题、追溯过去这些都在短短的几句话中全部完成，老贼很有效率。这就是一个老狐狸，从见到平叟的第一眼起，云琅就知道了。

第二九章 封建社会中的商业行为

车队是在第二天下午走进阳陵邑境内的。这里已经是大汉国人烟最稠密的地方，自太祖皇帝七十六年前在汜水称帝建立大汉以来，关中作为太祖梦寐以求的国都之地从未停止过建设。之所以选择长安，最大的原因就是秦地富庶，当初始皇帝统一六国之后，迁徙六国富户于关中、蜀中，虽然经历了残酷的战乱，造成了财富的毁灭，百姓的流亡。但是，在战后，它恰恰是最先苏醒、复兴的土地，相比其他地方，这里的民智也是最开化的地方。

在田野里耕作的农夫跟官奴的差别不大，唯一的差别或许就是身上的衣裳了。至少，在阳陵邑，人们都是穿衣服的。别看这只是一件衣服的差别，却不知这就把人从奴隶中区分出来了。奴隶见到贵人要么隐藏起来，要么跪在地上不敢让贵人看到他们的脸。农夫们则不然，他们与贵人一起走在大路上，虽然依旧对贵人保持尊敬，但是，对于卓氏这种大商人，态度则非常淡然，见到卓氏车队过来，也仅仅是退到路边，很显然是一种为了出行方便的礼让，而非尊敬。

黄土高原上的房子，自然就是由黄土夯制而成的土墙，再加上房顶、门窗构成，奇特的半边房即便是后世都屡见不鲜，在这个时代则是一种大众潮流。阳陵邑的守城官兵，似乎对卓氏也缺乏足够的敬意，至少，没有因为卓氏车马簇簇就免掉他们的进城税，从随行管家那张难看的脸，就知道经他交涉之后，可能多交了进城税。阳陵邑的城墙也不高大，估计也就四米多高，外面是城郭，里面是主城，标准的三里之城七里之郭。大汉皇帝不但要依靠这些城郭抵御外敌，还要防备自己的部下利用这些城郭来反对他，因此，城墙的高度就是一个很值得研究的问题。经历过后世数千万人的大都市生活之后，这个时代的城郭对云琅来说更像是电影取景地，只是群众演员更加朴实，也更加真实、投入。

　　街道上的店铺看起来灰蒙蒙的，只是比较新，毕竟，这座城郭还在继续发展中。两边的货物，云琅看了一眼就非常失望，不论是爬满苍蝇的猪肉，还是摆在货柜上的绫罗绸缎都没有什么看头。至于竹蜻蜓、陀螺、竹马一类的东西更是让他看得连连叹气。街市上唯一能够吸引云琅的是贩卖空白简牍的商贩。他一口气购买了很多，在山上的时候，自己制作简牍，过程之繁复，简直是一种折磨。松烟墨还是松散的，就是那种只要不小心掉进水里就会散掉的那种，与后世那种扔水里十天半月也没有任何变化的墨条没有任何可比性。至于陶器，云琅看到了就会摇头，这里的黑陶、灰陶，都不如他自己制作的。

　　云琅的各种表现，涓滴不漏地落进了平叟的眼中。只不过陪着云琅转了一条街，他就发现仅仅靠收买是没有办法让这个少年人为卓氏死心塌地干活的。不论是珍宝店的奇珍，还是楼上勾栏院里的美妇，都没能留住云琅的目光。即便是看到极为出挑的美女与珍宝，云琅眼中也只有欣赏之色，却无贪婪之意。平叟不明白，一个被师门驱逐、被宗族排挤的破落户眼光为何会如此之高。是个人就有弱点，有的贪财，有的贪色，有的好名，有的好权，有人好酒，有人贪美食，甚至变态一点的还有好杀的。云琅似乎很好钱，但是，他花起钱来更是如同流水，昨日才从地上捡起来的五两俸银，才走了半条街，就被他花得一干二净。其中购买简牍跟笔墨，平叟非常理解，购买一大堆食材，平叟也能理解，毕竟是出自缙云氏，这个家族素有饕餮之名，好吃、贪婪天下闻名。至于把剩下的三两好银随意丢给一个拖着三个孩子跪在一具尸体边准备卖身葬夫的丑陋妇人，这样也可以吗？

"咱们在铁器作坊吃饭不要钱吧？"重新变成了穷光蛋的云琅侧着脑袋问平叟。

平叟叹了口气道："不要钱，每日有仆妇送饭过来。"

云琅笑道："待遇不错，不过，还是让他们送一套厨具过来，我准备自己做。"

"这是为何？"

云琅鄙视地瞅了一眼路边食铺里那些连猪食都不如的饭菜道："我信不过。"

平叟拍着额头道："没人会下毒。"

云琅指指那些售卖火爆的食物对平叟道："跟下毒有什么区别？"

"此物乃是上八珍之首名曰——炮豚，取钢鬃直竖之肥豕洗剥干净，腹中实枣，包以湿泥，烤干。而后剥泥取出肥豕，再以米粉糊遍涂豕身，用巨鼎烧油炸透，切成片状，配好果蔬，然后再置于小鼎内，把小鼎又放在大镬鼎中，用文火连续炖三天三夜。据说掀开盖子之时神灵都会汇合左右，如此美食难道也入不得小郎君之眼？"

云琅努力地把目光从一个正在用木勺挖肥油吃的人身上移开。时代不同，人们吃饭的方式也不同，这没有什么好见怪的。油脂对汉人来说是世上最好的美味，是最重要的热量来源。一头猪来到了厨房，庖厨们考虑的是如何能够把它身上所有的油脂利用到极致，而不是考虑什么味道。就像在云琅贫困的童年，孤儿院的孩子们更喜欢肥肉而非美味的排骨跟瘦肉。食物最初的作用是为人补充热量，而不是满足口腹之欲。

铁器作坊开在闹市最好的地段上，里面浓烟滚滚，打铁之声不绝于耳。这就是这个时代的特征，他们更喜欢热闹。云琅分到了一间耳房，房间不大，至少比平叟的房间小了一半，里面只有一张床榻、一张矮几、两个蒲团、一个衣箱罢了。一个长得跟炮豚一样的丫鬟送来了一盏油灯，点上一个香炉之后就匆匆离去，一刻都不敢在云琅的房间停留，似乎只要再停留片刻，云琅就会把她按在床榻上。平叟那里的丫鬟长得就可人多了，云琅不止一次看见丫鬟抱着自己的衣衫半裸着从平叟的房间里偷偷溜走。

一连三天，云琅过得开心极了，每日里不是在阳陵邑瞎逛，就是站在一些书院的窗下听里面的人授课。一两天不打紧，时间长了，就有仆役要求云琅提两条子猪肉来，如果不提猪肉，就不能继续站在人家课堂外面蹭课。于是，云琅就不惯人家的坏毛病，再也不去什么书斋听课了。不是他舍不得两条子猪肉，而是因为人家讲的东西他听不懂，也不敢懂。鼓励自己的儿子割肉煮汤给母亲喝，这种事听起来就反人类。没钱，出去就很没意思了，街道上碰见了那天卖身葬夫、葬父的一家四口，还在继续卖身。芦席底下的尸身都已经发臭了，那一家四口还在继续执着地等候，想要再碰见一个像云琅这样的傻子。

铁锅、铁铲、铁炉子，就是云琅等候了三天的东西。消失了三天的平叟在这三样东西送来之后，也就出现了。这个东西实在是太神奇了。给铁锅里放了一点猪油，然后再把葱花、鸡蛋一起搅拌，等锅里面的油脂开始冒烟，就把加了盐的蛋液倒了进去。刺啦一声响之后，很少的一些蛋液，就迅速膨大，被云琅抓着铁锅的把手翻两下，一张黄灿灿散发着异香的暗黄色蛋饼就出现了。为了满足平叟的好奇心，云琅不得不把这个过程重复了三遍，据说最后一次是为卓姬重复的。

平叟说，去秦岭寻找野三七的人已经回来了，快马加鞭之下，三天时间，就有人已经在蓝田峪按照云琅画出来的模样找到了这种东西。这是一个很好的消息，另外也带回来了一个不好的消息，那就是长平公主家的奴仆也在那一带找到了野三七。云琅很高兴有足够多的野三七可以用来煲汤，无论如何，好东西他是从来都不嫌多的。

在权贵面前，商人基本上就是弱势群体。大将军府来了一个小吏，拜访了卓姬，然后卓姬就笑容满面地一再向人保证，卓氏寻找野三七只是为家人食用，绝无炮制药材之心。云琅原以为卓姬跟平曳会非常失望，结果，两人在小吏走了之后，依旧笑容满面，没有半分颓丧的意思。这就很明显了，他们之间有了交易，这个交易对卓氏非常有利。

今天的天气一点都不好，大雨绵绵，让人心烦意乱。云琅看到食材中有一大块五花肉跟山药，决定今天晚上吃红烧肉炖山药。八角跟花椒他有，就是缺少酱油或者糖霜。云琅很不高兴地看着面前这一碗散发着腐肉气息的酱油，想破了脑袋也想不通用鲜肉来制造酱油是个什么工艺！鱼露是利用小鱼虾用盐腌制之后发酵经过熬煮得到的东西。难道用鲜肉也能弄出同样的效果？

就在云琅为酱油跟糖霜烦恼的时候，卓氏铁器作坊变成了长平公主名下的产业。家产被人夺走了，平曳、卓姬却笑开了花，大手笔地赏赐家仆，云琅这种人浮于事的人也得到了一斤好银的赏赐。

第三〇章 云家的祖宗是贪官

所有的重大交易都是背后促成的,这样的事情几千年来从未改变过。不论是从以前到后世,还是从后世到以前,两者没有区别,就像两千年的时空从历史中消失了。偌大的阳陵邑能让云琅产生购买欲望的东西很少,他只想找机会弄明白大汉国的土地政策,好从中找到购买始皇陵,建立自己庄园的机会。大汉的土地政策很简单,内容正好是云琅所喜欢的,那就是土地可以自由买卖,可以私人持有,国家只负责收取农田税,现在,唯一的麻烦就是始皇陵地处上林苑,这是皇家园林,一般有点脑子的人都不会去打这块土地的主意。

"怎么才能从上林苑弄块地?"傍晚喝茶的时候,云琅抱着求教的心思问平叟。

"战功封爵之后,放弃关外侯的荣耀,要求皇帝在长安附近给你一处安身之所,然后,皇帝有四成的可能在上林苑给你划一块地。以后茶里面不要放芝麻,那东西塞牙。"

"缙云氏先祖被人称为饕餮,这名声到底是怎么来的,我身为云氏子弟为什么如此陌生？已经被人家笑话两次了。"

平曳呵呵笑道："你缙云氏先祖的饕餮之名来自平王东迁之前。据说你家先祖在担任夏官之时连平王敬献给上天的贡品都不放过，冷猪肉都要咬一口，不是饕餮是什么？"

"贪官？"

"大贪官！"

"冷猪肉而已！"

"冷猪肉都偷，遑论其他。"

"我听说皇帝正在售卖上林苑多余的土地，不知此事是真是假？"

"真的，不过啊，跟你我没关系，只有羽林有资格购买。你为什么一定要上林苑的土地？那里的土地比起关中其他地方的没有好到哪里去，除了有一点皇家名头，产出不会比别的地方高。最重要的是，你一介良家子，觊觎皇家田产，难道就不怕背上一个大不敬的罪名吗？"

"怎么就大不敬了？我出钱啊。"

"嗤，你以为皇家的土地是你出钱就能买到的？皇家会在意你的那点钱？一亩地一千三百钱，这是针对那些羽林孤儿的，这里面还有赏赐的意思。在皇家园林里面有一块地那是荣耀。如果没有皇家荣耀在里面，荒地如何能价值一千三百钱？"

"看来，我想要上林苑里的一块地，不加入羽林是不成了，是不是？"

"羽林？你怎么可能加入？能加入羽林的人都是皇帝最信任的人，他们的父辈不是皇帝亲兵的后代，就是为国征战捐躯的烈士，不是什么人都能加入的。"

云琅叹口气，重新烤了一块茶饼，冲进开水，这一次，里面没有丢芝麻，而是丢进去了一把核桃仁，麦芽糖也放得多了一些。他觉得自己嘴里发苦，需要甘甜的茶水润泽一下。

能在今年吃到核桃的人都是了不起的人，自从五年前张骞从西域带来了核桃种子，这东西就在大汉风靡得厉害。刚刚种了五年的核桃只有一点点的产出，还不够皇帝自己吃，外人想都不要想。好在，大汉现在很富裕，胡商们从遥远的西域很贴心地运来了大量的核桃在长安售卖。价格很感人，一斤核桃五十个钱。平叟喝一口茶水，就骂一声云琅败家子。一次能买来十斤核桃砸着吃的人不是败家子是什么？云琅也不解释，他以前在超市里看都不看那些包装精美的核桃。

一件事情不能好好地说，只能拐弯抹角地跟人套话，得到的消息就非常有限。而且跟平叟这种人套话，危险性极高，弄不好自己想要的消息没有套出来，反而被他把目的给套明白了。平叟寥寥几句，就让云琅明白了一个道理，事情只要牵涉皇家，主动权都只会在皇家手里，别人一点办法都没有。别看卓氏很有钱，在这些问题上他们的地位跟云琅没有什么区别。这让云琅非常失望，想通过卓氏来达到目的的做法看样子不能成功。

相反，平叟对云琅非常满意，放弃野三七让卓氏实现了借用长平公主的力量来保护卓氏在长安产业的想法。虽然每年要给长平公主很多钱，但是，长安的产业算是彻底保住了。这一次清算执行《盐铁令》皇家不在清算范围之内。一道政令的颁布到执行再到彻底执行，这中间有很长的一段路要走，只要给卓氏等盐铁大户多一些准备和游说的时间，中间可能就会发生非常大的变化。

云琅让铁匠作坊打造的铁锅，是一个非常好的东西，这东西不但比黑陶、灰陶耐用，也比青铜锅一类的东西便宜太多了，也方便了很多，这还不包括一种可以吊在篝火上烧水的水壶。黑铁是所有铁器作坊中储量最多、用处最少的一种铁料，如果用来制造器皿，它的消耗量就会非常大而且持久。五两好银雇用云琅这样的人，平叟觉得非常划算。

卓姬又在外院看到了云琅，她的心情很复杂。这个少年人能跟臭烘烘的铁匠蹲在打铁炉边上愉快地交谈一整天，甚至抢铁锤打铁，也能跟那个胖胖的侍女说说笑笑，经常惹得那个侍女笑得前仰后合。唯独面对她的时候，两只眼睛里就散发着银子的光芒。"我家祖上是贪官，身为祖宗的后裔，我要是不贪财都对不起祖宗。"这等厚颜无耻的话语，他竟然能够心平气和地说出而没有半分愧疚之心。平叟总说他还是一个少年，卓姬却敏锐地觉察到这家伙的眼睛并不老实，总是在自己的胸口腰身上转悠。与那些纨绔子弟哪里有半分区别？不过啊，平叟看人的眼光还是非常准的，且不论野三七，仅仅是那种造型别致的铁锅、铁壶就一下子打开了铁匠们的心思，由此衍生出来的炊具足足有十一种之多。世人对有本事的人总是很宽容的，卓姬也不例外。所谓一白遮百丑就是这个道理。

"他今天起来得很早，喝了一碗粥，进了一个鸡子，却没有出门，就站在大门口看早起的妇人，看了足足一个时辰。中午的时候他又让仆役买来了麦面，裹上细葱用荤油煎过，就着一碗菘菜汤吃了好高一摞子那种饼……"仆役说着话，不由得吞咽了一口口水。

卓姬瞪了仆役一眼道："平先生可还与他在一起？"仆人见主人发怒，低下头道："午饭是一起吃的，平先生说美食应该与主人同享，云氏子说主人看不上这种粗陋的食物……"

卓姬哼了一声，烦躁地挥挥手，仆役就连忙跑了。矮几上的羊肉汤腥臊难闻，黄米饭干巴巴的，肉糜上面全是白花花的肥油，清水煮好的菘菜也是淡而无味。丫鬟把羊肉汤浇在黄米饭上，端过来，卓姬烦躁地一把推开，她很想吃昨晚吃过的韭菜猪肉馅饺子。那些仆妇也是蠢得要死，吩咐下去之后，居然告知没听说过。这个想法刚刚有，卓姬就羞愧难忍，堂堂卓氏长女居然会为一顿饭食纠结。那个家伙也是的，整天不干活，却一门心思地制作吃食，每一样吃食看似简单，却美味异常。平叟先生也不催促，整日里与一个毛头小子混在一起不是喝茶，就是饮酒，再就是一起研究吃食。

明日长平公主莅临铁匠铺查看账目，卓姬却没有心思去面对。长平公主哪样都好，唯一令人诟病的就是对钱财的执着。一个铁匠铺有什么好查验的？想到这里卓姬又叹了口气，也不知道平叟有没有把账抹平，如果被长平查出来铁匠铺有两本账簿，那就难看了。很快，账房就把账目拿来了，卓姬瞅了一眼，就放下手里的算筹，账目还是那本账目，只是她已经看不懂了。平叟过来的时候还在不断地打嗝，葱韭的味道熏人，中间还夹杂着酒臭，刚一进门，卓姬就掩上了鼻子。

平叟也知道自己身上味道重，不好在卓姬的房间多停留，拱拱手道："这是新式记账法，叫作借贷相抵法，乃是老夫新创。"说完，平叟就得意地捋捋胡须，腰板也似乎挺得更直了。

"跟云琅无关？我听闻这些日子你们朝夕相处从不分离。"

平叟瞅瞅卓姬美丽的大眼睛咳嗽一声道："那小子就是无意中看到了账簿，嫌我做的账太难看，随便说了两句。"

"这个账簿我看不懂，长平公主自然也是看不懂的，明日如何交代？"

平叟大笑道："看不懂是你们的学问不够，与我等何干？"

"如果长平发怒呢？"

平叟走到矮几跟前盘膝坐下，抚摸着那一本账簿温柔地道："如果她有眼光，就该明白这新式记账法比铁器作坊有用。"

第三一章
饕餮的子孙还是饕餮

流水账云琅极为鄙视，却没有办法从中渔利。这种记账方式虽然愚蠢、烦琐，却非常简单，只要有足够耐心，总会弄清楚账目的。如果云琅把流水账变成了"货清簿""银清簿"和"往来簿"，贪污这种事对于足够聪明的人来说就变得简单多了。"货清簿"用于记录商品的购进与销售事项，"银清簿"用于记录现金收付事项，而"往来簿"则专门用于登记往来转账事项。记账符号有的用"收付"，有的用"来去"，也有的用"出入"。例如赊销给张三商品一千钱，这笔业务一方面需在兑货总簿的收方记录"销售收入来账银"一千钱，另一方面需同时在"往来总簿"中的付方记录"张三去货欠款去账银一千钱"。对于现金收付事项的处理，则只记录现金的兑方，而现金方向则略去不记。例如：销售商品二千钱，现金收讫无误，银已存入本店钱柜。这一账项只在兑货总簿中做一笔"收销售收入来账银二千钱"就够了，对现金的去向便不再记录。云琅问过平叟，东家一般半年才查一次账，如果有人将该收入库房的银钱只记录在账本上，却不入库，这样一来，负责钱粮的人手里总有好大一笔钱，直到主人查账的时候，只要把半年前的账目弄清楚，他手里还有新的半年收入。这个法子非常恶毒，也非常下作。

这是没办法的事情，太宰的钱太少，又不准云琅打开秦陵去找钱，他只好另辟蹊径。想要在最短的时间里筹足金钱，这是他目前唯一能拿得出来的方法。越是简单的工具用起来就越是长久，虽然效率不高却胜在皮实。越是复杂的东西执行起来就越需要智慧做支撑，没有足够的智商，面对繁复的新式记账法，总会有照顾不到的地方。等所有人都熟悉这种出现在明朝中叶的记账法之后，云琅觉得自己应该已经积攒了足够多的钱财。他现在的目标就是成为卓氏长安的铁器作坊大掌柜。自然，他不会下作地贪掉卓氏的钱财，只会拿来用一阵子，最后还是要把账目填平的，也会给卓氏留下一个兴旺无比的铁器作坊，算是作为补偿。"很多失足的贪官在贪污之前大概也是这么想的吧……"云琅瞅着秦陵所在的位置忍不住叹息一声，欠钱这种事云琅不在乎，他只害怕欠别人的恩情，比如太宰的。他从来都没有想过在一个地方停留太长时间，更不要说守在骊山为始皇帝守陵墓了。然而，不彻底地安排好始皇陵，他哪里都去不了。现在，他只要想起太宰默默垂泪的样子心中就有万丈怒火。平叟说皇家园林不可图谋，是因为他从来就没有朝这方面动过脑子，也不敢去想怎么损害皇家的利益，因为一旦被皇家察觉，后果实在是太严重。

第二天，传说中的长平公主来了，并没有多大的排场，四个骑士、六个侍女、两辆马车、两个马夫，再无其他人。想想也对，她今天是来审核她名义上的财产的，不是公主出行。云琅看了一阵子，觉得很无聊，才走进自己的院子就看见一个披着红色斗篷的羽林背对着他站在那里。

"原来你是卓氏的家仆！"羽林转过来的时候，云琅才发现这家伙竟然是霍去病。

"我怎么可能是奴仆？谁又能用得起我？"

"不是奴仆你怎么会住在这里？"

云琅抽抽鼻子道："还不是你害的？"

这句话说得霍去病愣住了，两道憨憨的蚕眉顿时就扭在了一起。

"如果不是跟你有一年之约，耶耶早就起身去洛阳了。"

"你是谁的耶耶？"

"当初在上林苑你就是这么对我说的，那时候你们人多我不好还嘴，现在还给你。有什么问题吗？"

霍去病想了一下点点头道："确实如此，不过，这是最后一次。"

云琅笑道："只要你不这样对我说，我绝对不会羞辱你。"

霍去病卸掉斗篷，斗篷下面却是一件锦衣而非铠甲，又把挂在腰带上的长剑卸掉放在树下的石桌上，摊开双臂对云琅道："来吧，我的鼻子已经好了，不用等到明年。"

云琅摇摇头道："大丈夫一诺千金，说明年就明年，决不提前。"

还以为霍去病会发怒，没想到他反而收起来架势点点头道："你确实没有你那一天表现出来的那么强，那一天是我中计了。我想这个道理你自己也清楚，我只是不明白，你为什么不逃走？"

云琅叹口气道："你知道不？那天我肋下挨了一拳，这让我痛苦了很久，在无人处喊叫的时候，还被三个猎夫所抓。如果不是我用计杀之，你以后会在阳陵邑的男风馆看见我。"

"我不好男风！"

"我也不是兔子啊！之所以不远走他乡，纯粹是因为我觉得我还能击败你。"

霍去病果然是霍去病，听云琅说杀掉了三个猎夫，他的眼皮子都没有眨一下，反而很有兴趣地道："我不会再上当了，只要我不大意你就没机会。后来我想明白了，我其实能打你两个的。"

云琅冷笑一声道："我兄弟也这么说。"

霍去病饶有兴趣地道："你兄弟很厉害吗？今年多大？"

"还行吧，它今年已经四岁了，打遍我们家那一带没敌手。"

霍去病哑然失笑，拎起斗篷往身上一裹就要走，却听云琅道："我兄弟生下来就会走，一岁的时候就能食肉一斗，两岁就能自食其力，三岁已经是我们家的顶梁柱。说来惭愧，我这个做兄长的，还是靠我兄弟养活的。"

"世间有这样的奇人？"

"当然有，我可能不是你的对手，等我兄弟来了再教我两手，你就不是我的对手了。"

霍去病仔细看了云琅一遍，最后摇摇头道："你除了身子灵活一点再无长处，即便是出拳也绵软无力。清明的时候，若不是我一时愣住了，再来一拳，倒地的就该是你。既然你的身手是你兄弟教的，那就把你兄弟找来跟我比比看，看看到底是天生神力的人厉害，还是本公子这双千锤百炼的拳头厉害。"

"我兄弟替我出战？"

"如果你兄弟敢来的话。"

"那就一言为定，我兄弟听到这个消息应该非常快活。"

霍去病瞅着云琅笑道："既然有高山可攀，他山不攀也罢！你兄弟叫什么名字？"

"我们人人都叫他大王！"

"大王？好名字，但愿不是金玉其外败絮其中之辈，哈哈哈……"

解开了心结的霍去病来得迅速，去得也快，是一个非常痛快的小伙子，云琅就喜欢这种大大咧咧的家伙。霍去病看起来很强壮，少年人再强壮又能强壮到哪里去，无论如何，他也不可能打得过老虎的，云琅深信不疑！

长平公主手捧账簿看了良久，缓缓地将账簿放在手边，盯着卓姬道：

"如果不是想戏弄本公主,就快点把缘由说出来。"

卓姬笑容满面,闪身把正面的位置让开,躬身道:"卓姬自然不敢戏弄公主,卓氏门下有一家臣,最近研究出来一种新的记账法子,名曰'卓氏记账法'。有了这种记账法,不论多么繁复的账目,都会变得清晰,且一目了然。公主之所以没有看明白账簿,非是公主不明,而是这部新的账簿里,有一些新的学问。只要公主明白了这种新的记账法,日后府中财源田亩账册,就再也不用耗费公主大量的精力,且能让那些不守规矩的奴仆不敢起贪渎之心。"

长平公主笑道:"此言大善,这就命你卓氏家臣为本公主解说一番。"说完话左右看看,却不见霍去病,又扬声问道,"去病儿哪里去了?"

长平的随侍道:"方才没有进来。"

长平怒道:"快快找来,正是长学问的时候如何能够缺少?"

随侍正要出去,却看见披着大红斗篷的霍去病已经进来了。随他一起进来的还有长袍博袖的平叟。平叟的身后还跟着两个丫鬟,她们手里抬着一个屏风一般的东西也跟着进来,将屏风放在长平公主的对面,就躬身出去了。平叟在长平饶有趣味的眼神中从袖子里取出一支炭笔,清清嗓子开始讲解。

晚霞已经笼罩了天边,云琅与霍去病对坐在小院子里,一人手里拿着一根硕大的猪腿骨吃得香甜。

"你卓氏还真是出人才,就刚才授课的那个老朽,居然能弄出一套新的记账法来,且听起来很有道理。"霍去病吃完一根骨头之后,不好意思再拿一根,毕竟他刚才只是说尝尝的。

"想吃就吃,别找借口,那套记账法我都听得云山雾罩的,我就不信你能听出什么道理来。"

客套话被拆穿,霍去病仰头哈哈大笑一声,觉得非常有趣。与他相处的人多了,唯有在云琅面前他觉得最是快意:"这猪骨头平日里也不少吃,为何没有你这里的滋味浓厚?"

云琅丢掉手里的光骨头道："有人说我这人庖厨之术天下第一，也有人说我这人狡计百出从不吃亏，更有人说我是泼皮无赖，毫无良家子气概，你能碰到我这样的人确实是你的运气。"

第三二一章 卓姬夺肉

天色渐黑的时候,长平就要走了。霍去病离开云琅的小院子时手扶着门框回头看着云琅道:"想做我的朋友,且看三年吧。"

云琅并未起身相送,端起一杯茶道:"明日卤肉就要做好了,喜欢的话就再来尝尝。"

霍去病嘿嘿一笑,就快步走了。云琅脸上的笑意渐渐消失,叹口气自言自语道:"总是欺负历史上的好人,这样好吗?现在购买皇陵的两个条件具备了……为什么我的心里还是那么不愉快呢?"

平叟喜滋滋地回来了,一张满是皱纹的老脸如同脱毛老狗肚子上的皮。他把一大把银簪子塞进云琅的手里,然后朝那些眼馋的丫鬟挤挤眼睛。瞅着丫鬟们乌泱泱地围过来,云琅终于知道这个老贼受女子欢迎的秘密了。胖胖的丫鬟有些自惭行秽,挤到前面来的都是院子里最漂亮的姑娘。就在她希望云琅不要把簪子都给那些漂亮姑娘,多少给她留一支的时候,发现云琅正在冲她招手。

一把簪子有七八个,云琅一股脑地拍在胖丫鬟的手里道:"归你了。"然后冲着那些围着她的丫鬟笑道："没了！"没了银簪子的云琅马上就没有了吸引力，那些女子现实得惊人。刚刚还一个个笑颜如花的，转瞬间一哄而散，只留给云琅一个个美丽的背影。胖丫鬟抱着一把簪子，脸上不断地向下滴汗水，她很想大笑，又努力地闭着嘴巴。云琅估计，这是这个可怜的胖丫鬟这辈子最荣耀的一次经历。

"你喜欢胖丫头？"

"只是不讨厌。"

"她侍寝了？"

"没，我还是个孩子啊。"

"老夫十三岁的时候长子文月降生，十五岁的时候已经是三个孩子的父亲了。"

"您老天赋异禀，常人难以企及。"

"少年郎，人如草木，春夏勃发，秋冬守藏。少年时男欢女爱乃是天理，这样有利于人族繁衍。一过三十，身体如秋日之树木，落叶以存身，到了五十岁之后，则可以尽情挥霍，享受仅有的余欢。尔少年不知享乐，难道要等到年老时再追悔莫及不成？"

面对平叟老头的诱惑，云琅坚定地摇摇头道："这是您阴阳家的法门，请恕小子不敢遵从。您大可享尽鱼水之欢，小子依旧抱元守一，各取其道岂不妙哉？"

"可惜了一身好皮囊！"平叟见云琅并不认同他的看法，遗憾地摇摇头，就走进了自己的屋子。

卓氏的《铁器营造法式》一书让云琅非常失望。以前他对古法营造非常感兴趣，总觉得古人能在最简陋的条件下，将中华文明推到世界的最高峰很了不起，他一直致力于恢复古法营造，并以此为荣。看了卓氏的看家本事之后，他觉得卓氏这样的匠人，对中华文明的发展基本上没起什么作用。因为他们家现在用的依旧是欧冶子时代的东西,而且还把这个破烂保护得如铁桶一般,生怕别人拿走,坏了他们的生意。

云琅快速地看完了十几斤重的竹简,叹口气对守在身边负责藏书的卓氏家仆道:"就这些?"

家仆傲然道:"放眼天下,谁家的铁器营造法式能比我家强?!"

"那就完蛋了,故步自封五百年,竹简都快要被虫子啃烂了,你们依旧没有任何长进!把书拿走吧……"

家仆鄙夷地瞅着云琅,这让云琅非常诧异,沿着仆役的目光看过去才发现,胖丫鬟已经躺在他的床上,正对他眨着水汪汪的眼睛。家仆给了云琅一个暧昧的眼神,就抱着十几斤重的竹简走了,走到门口还淫笑着把门带好。卓王孙家就不产什么好东西,不论是人还是物件。

胖丫鬟很明显光着身子躲在毯子下面,这一点从起伏的山峦上就能看出来。实际上,十七八岁的少女哪里有几个丑的?只是不能对比罢了。说起来,云琅更喜欢丰腴一些的女子,可是,绝对不是胖丫鬟这种的。这时候把胖丫鬟从床上撵走,云琅无论如何都干不出这种事情。于是,他拍拍胖丫鬟的脸道:"好好睡,我还有事情。"说完就不理会那个姑娘失望的眼神,关上门走了出去。

站在窗前的平叟眉头紧皱,事情的发展很出乎他的预料。他原以为云琅会把胖丫鬟赶出来,没想到出来的却是云琅。卓氏的藏书楼就在前院,云琅很明显是去了藏书楼。"居然是个情种……"

天亮的时候,云琅探手熄灭了油灯,将桌子上散乱的简牍一捆一捆地整理好,还特意做了一点分类。《营造法式》是一部涉及学科很广泛的书,它包括冶铁部、陶部、石工、木工、漆器、藤麻、造屋、筑桥、修路……堪称是一部集大成的工部规范典籍。昨晚看到的仅仅是上部,也就是他们所说的民部。至于下部,应该包含了军械制造、建城方略、农田水利这些高级知识。问过哈欠连天的仆役了，那些书，云琅还没有资格看。云琅决定睡一觉之后，就去向这里的主人卓姬要求读那些书。很多时候，云琅自有的学问用不上，主要是这里的工业还没有发展到那一步，需要的工具以及硬件环境，都不具备。想要在大汉做一个博学的人，就必须利用现有的工匠跟工具，想一步从封建社会初期直接跨到后现代工业进程中，这根本就不可能。没有电，再厉害的工具也不如一把铁锹合适，当然，铁锹这东西也很金贵。在这里铁料是珍贵的，在很多没有铜的地方，人们甚至会用铁来铸钱。打造一把铁锹所用的铁足够打造两把长矛，或者十个铁箭头。至于云琅以前提出来的铁锅，之所以会被工匠们接受，纯粹是因为铁料比青铜便宜得太多，也比瓦罐耐用得太多了。

在这个世界里，唯一能让云琅满意的就是小米粥了。金黄色的小米粥一碗下肚，整个人都会变得精神起来，如果再来两颗流沙蛋，那就再美妙不过了。卓氏很小气，只供应小米粥跟盐菜，却不供应鸡蛋，云琅吃的鸡蛋都是他派胖丫鬟从集市上购买来的，足够他们两个人吃的。很奇怪，胖丫鬟以前见了鸡蛋不要命，今天看云琅吃流沙蛋口水直流，却死活不肯吃她面前的煮鸡蛋。

"怎么不吃？生病了？"云琅最受不了人家盯着他的食物看，就停下筷子问道。

"您嫌弃婢子。"

"废话，嫌弃你是必须的，谁叫你是婢子的。"

"您嫌弃婢子胖！"

"这就胡说八道了，胖的好处多得说不完，遇到饥荒，胖人至少能比瘦子多活两个月，就这两个月，说不定就是生死的差别。别告诉我你没饿过肚子。"

胖丫鬟听云琅说起饿肚子，不知道想起了什么，打了一个哆嗦，连忙抓起鸡蛋小心地在碗沿上磕破，一小口一小口地品尝鸡蛋的美味。

云琅把另一颗煮鸡蛋推给胖丫鬟道："这颗也吃了，我们多存一点肉，将来好应对饥荒。"

胖丫鬟连连点头。放眼整个铁器作坊，能围着矮桌子跟自己伺候的对象一起吃饭的，只有胖丫鬟一个人。平叟认为这么做很不合适，这样会让别人看低云琅的。

"谁会看低我？"云琅瞅着平叟笑眯眯地问道。

"那些人！"平叟的手指向那些躲在屋檐下朝云琅跟胖丫鬟指指点点的人。

"您觉得我会在乎她们的看法？"

平叟无奈地摇摇头。

"她们的好恶在我看来仅仅价值十个钱，只要我给她们一人十个钱，她们就会把我夸成世上最好的人。只是，这样做对我有什么用处吗？"

平叟无奈地道："就算是不为她们，你总要考虑别人的看法吧？"

云琅哈哈笑道："您会因为我跟婢子一起吃饭就看不起我吗？"

平叟连连摇头。

"知我者不怪我，不知我者我管他作甚？"

"特立独行者下场一般都不会太好。"

"这样却活得痛快！"

"阴阳相济才是王道！"

云琅笑着摇摇头，却不再与平叟争辩，冲着这个总想着帮他一把的老人拱拱手，就径直进了屋子，片刻，就香甜地睡着了。

胖丫鬟非常尽职，这也是云琅最满意她的地方。云琅说卤肉要小火慢炖，胖丫鬟就守在小炉子边上，一会加柴，一会扇火，总之，让架在小炉子上的铁锅一直咕嘟，从未停止。卓姬进来的时候，胖丫鬟跪在地上，目光依旧没有离开那口铁锅。卓姬掀开了铁锅，一大股肉香四散开来，胖丫鬟就有些痛不欲生。

"这是什么肉？"

"回主人的话，这里面是豕肉。"

"可曾熟透？"

"小郎说需要慢火炖三个时辰，还差一刻。"

卓姬点点头，对身后的仆妇道："连锅端去我的房间。"

仆妇答应一声，立刻上手，盖好锅盖，端着两边的把手就快速地消失了。

第三三三章 影响世界两千年的美女

云琅瞅着卓姬高耸的胸部真诚道:"昨夜看了一夜的简牍,不想主人家会过来,未能出迎,实在是太失礼了。"

卓姬大气地挥挥手道:"小郎在阳陵邑过得可还合心意?下人们是否还殷勤?"

云琅笑道:"山野之人能得主人家厚爱,云琅甚为惶恐。"

卓姬笑道:"如此,这些奴仆都该奖赏才是。"

云琅赔着笑脸道:"主人家英明。"

"英明倒是谈不上,自从小郎来到我卓氏铁器作坊之后,对我卓氏大有助益,卓姬先前多有不敬,还请小郎见谅。"

云琅不得不在心里暗暗叹口气,大汉的女子实在是太会动用自己所有的优势了。明知道云琅的目光盯在她的胸脯上,这个鬼女人不但不退缩,反而骄傲地挺起了胸膛。败下阵来的云琅只好低着头道:"如今,卓氏外有《盐铁令》为祸,内有铁价高涨为贼,一个操持不当,就有倾覆之忧,不知主人家可有对策？"

卓姬叹口气道："我卓氏世代以冶铁为业，除此之外再无谋生手段，听平叟说小郎精通百工，不知有何可以教我？"

云琅笑道："这个国家的核心永远都是皇帝，如果想要过得舒坦些，最重要的一点就是不能得罪皇帝，没有人能承受得起皇帝的怒火，不管你以前干得多么出色，惹怒了皇帝之后，就只有败亡一途可走，且不可逆转。"

卓姬脸上依旧挂着笑容，云琅即便隔着她脸上薄薄的面纱也能看见，她的鼻子很挺拔。"卓氏从无谋逆之心，何谈激怒皇帝？"

云琅嘿嘿一笑："激怒皇帝从来就不用得罪他，只要他需要发怒就能发怒，这是皇帝的特权。对于这一点，主人家应该比我清楚。"

"皇帝的索求无度，天下总有不忿者。"卓姬似乎并不在意随便说皇帝的坏话。

云琅笑道："只要皇帝的兵甲锋利，不忿者也只能闭嘴。好了，我们不说这些没用的，我想要权力。"

卓姬大笑道："大丈夫不可一日无权，你这个小丈夫要权力做什么？"

云琅笑道："给天下人做一个真正的铁匠作坊看。"

"什么样的铁匠作坊才算是真正的铁匠作坊？"

"简单，'物勒工名，以考其诚'！"

"秦法？"

"没错啊，秦国之所以能够一统天下，与他的格物制造有很大的关系，'物勒工名，以考其诚'只是其中一项而已。"

卓姬皱眉道："秦法严苛，工匠稍有差池，就会被砍手剁脚，以至于秦国多残疾之人，此乃是天下公论。你难道也要在阳陵邑作坊实施这样酷毒的禁令不成？"

云琅笑道："这也是秦二世而亡的主要原因，我岂能不汲取教训？所谓人

169

为财死，鸟为食亡，用这样的特性来促成严刑峻法所不能完成的事，我认为不是很难。"

"匠仆无须这些。"

"主人家指望这些行尸走肉来制造出有灵性的物件吗？"

"他们至少可以干活。"

云琅仰天长叹一声，奴隶主的心思他根本就猜不透，可能对他们来说，控制比提高生产力更重要。卓姬见云琅一副屈原问天的模样，扑哧一声笑了。她抖抖肥大的袖子，将衣袖挂在黄金绊臂上，抬起莲藕一般的手臂轻轻拢一下头发。

"你说的这些话以前也有人对我说过，只是他太穷了。云琅，你说这个世上是不是只有穷人中间才会有好人？"

一个奴隶主能问出这样的话，云琅感到很惊讶，随口道："人还是富裕一点好。"

"如果人人都富裕了，谁来帮我们干活？"

云琅笑着看了一眼这个美丽的奴隶主，觉得自己还是另想办法比较好。他觉得奴隶主天生就该被雷劈，跟这样的人在一起，很危险。至于那一锅卤肉就当是喂狗了。

"今后，冶铁作坊上下两百五十七人就听你的调派，平叟是你的账房，所有银钱都必须经过平叟之手，然后交与我手。"

卓姬冰冷的声音传来，云琅一下子愣住了，转过头，就看见掀开了面纱之后的那副冷酷的奴隶主嘴脸。她的话听起来很让人心动，可是每一个字从她嘴里说出来就有说不出的冷酷。

"我不知道你想用这座铁器作坊来达到你什么样的目的，可是，鉴于你这些天对我卓氏的帮助，我愿意赌一下！我会亲自盯着你……"

云琅笑着摇摇头，对卓姬道："等着数钱吧，这将是你唯一需要干的事情。"

卓姬依旧冷冰冰道："最有钱的是皇家，而陛下最喜欢在军队上花钱。如果你能拿到军队中武械的订单，这座冶铁作坊算你两成份子有何不可？"

云琅转身就走，却把大拇指挑得老高。这个该死的漂亮奴隶主还真是不辜负她的阶级，绝不放过任何压榨别人的机会。她之所以把冶铁作坊交给云琅，根本就不是看在他多么有才华，对卓氏的贡献有多大，而是看在他能够接近霍去病。

非常人行非常事，云琅回到屋子的时候，就看到霍去病坐在他平时最喜欢躺的那张藤床上，连鞋子都不脱。刚才那一幕，应该被这个家伙看了个全须全尾，云琅的嘴里一阵阵发苦。

霍去病的脸上带着明显的讥诮之意，一张嘴就是世上最恶毒的屁话："你打算怎么通过我，去影响我舅舅上奏陛下，把原本属于将作大匠的军械制造交给你？"

云琅咳嗽一声，倒了一杯茶，喝了一口，悠悠道："那是傻子才干的事情，制造军械从来就不是一个好的生意。将士们把仗打好了，就算是我用木棍交货也是大功一件。要是战败了，我就算给每一个将士都交付一柄太阿宝剑，最后追究罪责的时候还是我的错。只有刚才那个长胸没长脑子的女人才会觊觎军械制造！"

霍去病见云琅说得有道理，就从床上盘着腿坐起来笑道："我最讨厌被人利用！"

云琅看看窗户上硕大的泥脚印，叹息一声道："我也讨厌啊，只是我们逃不脱被人利用的命运，有时候甚至要为自己有利用价值而欢呼！"

霍去病的屁股在藤床上颠簸两下道："平民小户的东西有时候也不错。"

云琅皱眉道："觉得我说的话有道理就夸奖我两声，夸奖一张藤床算怎么回事？"

"君子当虚怀若谷，不为物喜，不为己悲，常心怀天下即为君子之道。"霍去病闭着眼睛背诵了一段很没意思的话。

"谁说的？以你的为人说不出这样的话。"

"董仲舒！"

"这家伙还没死？"

"没有，从泰山出来了，今天给陛下筵讲。"

"你去听课了？"

"老家伙是骗子，说什么他家有绝世美女准备献给陛下，我是去看美女的，谁知道老家伙一直在说什么天人感应，还说这就是他要献给陛下的美女！我觉得很无趣，就跑出来了。"

云琅抽抽鼻子，觉得心里痒得厉害，鄙视地看着霍去病，这家伙根本就不知道他错过了什么。

注：汉武帝三次见董仲舒讨论治国良方，其中以"天人三问"最为有名。最后一次，董仲舒以美女喻儒学，以儒家宗法思想为中心，杂以阴阳五行说，把神权、君权、父权、夫权贯串在一起，形成帝制神学体系。因为这一套理论对巩固皇权极为有利，被汉武帝采纳，最终达成了"罢黜百家，独尊儒术"的终极目的。

第三四章 崩溃

云琅很想看看董仲舒是怎么怂恿皇帝终结百家争鸣时代的，只可惜，以他目前的身份，连宫禁的边都沾不上，更不要说去欣赏董仲舒口沫横飞的千古大"忽悠"。

站在百姓的立场，百家争鸣自然是有好处的，那些有学问的人从各自的角度对同一件事做出解释，有利于百姓们从中间选出一条最适合自己的理解方式，这再妙不过了。不过，百家争鸣这种事本来就是跟皇权对立的，皇权需要一言堂，而百家争鸣如同一百只鸡在鸣叫，让皇帝伟大的声音淹没在一百种杂乱的声音之中，这如何使得？伟大的始皇帝在享受六国珍宝的同时，还发动了史无前例的焚书坑儒运动。这让其余九十九家极为得意，没想到始皇帝在坑杀了儒家博士淳于越等人之后，意犹未尽，顺便采纳李斯的建议，下令焚烧《秦记》以外的列国史记，对不属于博士馆的私藏《诗》《书》等也限期交出烧毁；有敢谈论《诗》《书》的处死，以古非今的灭族；禁止私学，想学法令的人要以官吏为师。这下子所有读书人都得意不起来了，就在他们的悲惨命运刚刚开始的时候，渔阳戍卒造反了，泱泱大秦被楚人一炬烧成了永远的记忆。

现在，伪帝刘彻又要继续干这件事了，云琅以为，太宰听了应该很高兴。《盐铁令》出来了，刘彻想要搜刮更多的民财为己用，董仲舒开始献他的"美女"了，从今往后，寰宇之间只剩下刘彻祭天的朗朗之音。然后，击垮匈奴的万世功业就开始了。再然后，汉族人口在他统治年间减少了三成。前因后果云琅知道得清清楚楚。可惜，屁用不顶！云琅现在要是跳出来说伪帝刘彻的不是，估计会被五马分尸之后再喂狗。无论如何，云琅都必须站在太宰一方，必须自认是老秦人。这是他来到这个时代的第一天就注定了的，就像出生在某一片土地上的人，就该是那片土地上的人民。这事跟皇帝好坏无关，不论刘彻是千古一帝，还是千古大昏君，云琅都得认为他是伪帝。至少，在太宰还活着的时候，在云琅心中，刘彻只能是伪帝。

"霍兄，不知你可认识司农卿门下之人？"云琅给霍去病倒了一杯茶请他饮用。

霍去病喝了一口茶，不自觉地点点头道："怎么，你打算把你的新汤水献给大司农不成？"

云琅摇头道："汤水虽好，滋味却需有心人细品，大司农位高权重，我还是不打扰人家了。"

"那就是想要司农卿属下的铁器制作了。告诉你，别想了，知道不？盐铁两条财路，已经被陛下从少府划到了大司农门下，任命大盐商东郭咸阳、大冶铁商孔仅为大农丞专门负责此事。你们卓氏没机会从孔仅手里拿走大司农门下冶铁事宜的。"

云琅笑道："用商人来管理商人？有意思！"

霍去病笑道："东郭咸阳跟孔仅两人背后还站着一个桑弘羊，那人不算是好人。一旦这两个商人敢中饱私囊，桑弘羊就敢用刀子砍掉他们的脑袋，没收他们的家财。你以为大汉已经沦落到了让一介商人来治理国家的地步了吗？"

云琅笑道:"这么说,那个东郭咸阳跟孔仅是两头待宰的肥猪?"

"他们是《盐铁令》能否成功的关键。"霍去病白了云琅一眼。

云琅哈哈大笑,没想到这个时代的政策出台后面会有这么多的条件做保障。被弄成人质的东郭咸阳与孔仅现在恐怕天天都活得痛不欲生,他们只能天天期盼《盐铁令》能够顺利实施,一旦失败,或者出了什么岔子,他们两家的财产就会被拿来补漏洞。

"算了,司农卿衙门里面这么复杂,我就不把功劳往他们手里塞了。霍兄,咱们做一个交易如何?"

霍去病笑道:"我从不跟商人厮混,之所以跟你来往,纯粹是因为我很好奇你那个四岁的兄弟到底是怎么样的一个奇迹。"

"这件功劳对你舅舅好处极大。"

"滚开!我舅舅好不容易从贱民坑里用命爬出来了,你想把他再拖回去?如果真的有什么如同野三七一般的大功劳,可以去找我舅母。"

云琅认真地点点头道:"给我半个月,我给你家一个大功劳。"

霍去病愣住了,怀疑道:"你认真的?"

云琅笑道:"我从不骗人!"

霍去病立刻道:"我舅舅、舅母都说了,你说的那个钢筋铁骨力大无穷的四岁兄弟就是在骗我,这是你的缓兵之计。而且,三辅之地的云家根本就没有你这么一个人。"

云琅笑道:"以后会有的。"

"好大的口气!"

"不算大,少年人如果不说一点狂言,年纪大了再说会被人笑话的。"

霍去病可能觉得云琅说得很对,这一次没有再笑话云琅,起身道:"你那一锅好吃的肉被那个女人拿走了,我也没的吃了。话说,你总盯着人家胸前的两块肉看什么?难道说你准备让她肉债肉偿?"

"想过，就是觉得有些无耻，就不打算行动了。哎——你走门啊……"

"我不登商贾贱民家的门，十五天之后我会再来。"

走门丢人，跳窗户翻墙就是高门大户的行径？云琅根本就无法理解霍去病。

胖丫鬟哭得稀里哗啦的，这让云琅很感动，只是她一句"今晚没肉吃了"，让这种好感立刻消失无踪。这个丫鬟外形看起来蠢笨，其实是一个聪明的女子，至少，在这一晚，她没有出现在云琅的床上。如果她能够继续保持这种聪慧，云琅打算把她带去石屋照料太宰。

此时的太宰一个人坐在火塘边上愣愣地瞅着火焰上的瓦罐，即便里面已经有焦煳味道传出来，他依旧一动不动。直到老虎嗷地叫了一声，他才如梦初醒，匆匆地把瓦罐从火上取下来，却不小心被滚烫的瓦罐烫了手。瓦罐跌落到地上，碎裂开来，里面半湿半焦黄的米粥洒了一地。他想狠狠地一脚踢在破裂的瓦罐上，却硬是收回了已经踢出去的脚，瞅瞅依旧整洁的屋子，叹了口气，蹲下来，将破裂的瓦罐跟洒掉的米粥收拾干净，再找来干净的沙子铺在地面上。云琅不喜欢乱糟糟的屋子。一条野猪腿烤得半生不熟，他一小半，老虎一大半，只是一人一虎吃起饭来都没有什么兴致。

五月的骊山下如同火炉，骊山顶上却清冷凄寒。一轮淡黄色的明月圆圆地挂在天上，带不来半分的暖意。太宰坐在云琅经常坐的那道断崖上，瞅着对面黑乎乎的始皇陵不知道在想什么。老虎一巴掌拍开总想靠在它肚子上取暖的母鹿，无聊地趴在地上，伸出舌头梳理自己爪子上凌乱的毛。

"老虎，你说，他会不会回来？"太宰的声音突兀地出现，吓了老虎一跳，它警惕地站起来，寻找声音的出处。

"老虎，你说他会不会回来？"老虎终于弄清楚是太宰发出的声音，就呜咽一声，趴下来继续舔毛。

"我总是梦见他回来了，梦醒之后，他的那张床却还是空的，探手一摸，冰凉冰凉的。你说，他怎么就不回来呢？我想去找他，可是始皇陵怎么办呢？找到他，他要是不愿意从花花世界回来，我又能怎么办呢？老虎，大王，你给我拿个主意，说句话啊……"

云琅桌案上的灯火飘摇得厉害，一只肥硕的蛾子刚刚靠近灯火，就被一只白皙的胖手给捉住了，然后丢到窗外。

"丑庸，蛾子翅膀上的鳞粉有毒，快点去洗手，以后不要用手捉。"正在绘图的云琅头都不抬道。

丑庸是胖丫鬟的名字，卓姬随口一句"貌丑性温庸"的赞许，然后她就有了这个名字。这是胖丫鬟最耻于提起来的事情，为了同行姐妹们说这两个字，她不知道打了多少架。很奇怪，云琅说这两个字的时候胖丫鬟并不生气，或许是他真的只把这两个字当作她的名字，而没有半分嘲笑的意思。

曲辕犁对这个时代来说已经是一个惊天动地的大发明。大汉朝的两牛扛一犁的传统耕作方式，很明显对农夫非常不利。且不论耕作效率，仅仅是喂养两头牛的花费就不是一般人家所能承受的。在近距离地见识过大汉百姓的生存状况之后，云琅觉得自己有责任把曲辕犁给弄出来。尽管他仅仅知道"曲辕犁"这三个字，然而对他一个机械工程师来说足够他把这种先进的耕犁复原，并改进得更好。他的案几上摆放着一个简陋的三角形犁头，上面锈迹斑斑，犁头的最顶部还缺少了一块。这种完全没有锋刃的犁头只能依靠两头牛的蛮力拖拽前行，铸铁制造的酥脆犁头还要承受两头牛作用在它身上的力。

"摩擦力还是太大，偏转三十度并不能解决所有问题，看来，还要在犁头的锋面添加一点弧度……"

云琅随手将桌案上的白绢揉成一团，废纸一般丢在边上。丑庸赶紧把那块白绢捡起来，放在另外一个桌案上小心地抚平。她虽然不知道云琅在干什么，却知道每一块这样的白绢价值不菲。

"平滑的弧度打造不出来，铸造更是不可行的，铸铁强度不够，除非能够先炒出钢来。老子难道又要弄出炒钢工艺吗？那些嘴皮子上的大才，难道就不能低下头给那些光屁股在田野里干活的人想点好办法吗？去你的白马非马，去你的庄周化蝶，去你的百家争鸣，有一万个想法却不知道干点实事，害得老子想弄一个破犁头出来还要从头到尾地发展出一整套冶金工艺来。你们就是老子一辈子的对手……"

云琅面目狰狞，一连串脏话从嘴里喷薄而出，声音由小变大，最后他干脆推开窗户，扯着嗓子对着窗外浩瀚的星空破口大骂！

第三五章 眼光决定未来

云琅的声音是如此之大,以至于整个冶铁作坊鸡飞狗跳,人仰马翻。原本黑漆漆的作坊,灯火相继燃起,无数衣衫不整的人匆匆逃出屋子,更有护卫光着屁股提着刀子连声问贼人在哪。丑庸吓坏了,刚刚还温文尔雅的小郎转瞬间就变成了恶魔,一张漂亮的脸蛋在月光下变得鬼气森森,两只原本如同墨漆点成的双瞳也在冒绿光,大有择人而噬的欲望。丑庸带着哭腔环抱着云琅的腰,用力地把他往屋子里拖,而云琅两只青筋凸起的手死死地抓着窗户一步不退。

"小郎是在骂我……"丑庸真的哭出来了,她极力地想为云琅遮掩。虽然听不懂小郎在说什么,她还是敏感地觉察到,刚才那番话可能会对小郎不利。

云琅清醒之后,发现窗户跟前站满了人,丑庸跪在地上不断地对披着斗篷的卓姬叩头。他一把拎起丑庸拖进屋子,然后恶狠狠地看着院子里的人怒吼道:"看什么看?没见过老子骂人是不是?"说完就砰的一声关上大门,又把窗户关上,对丑庸道,"再给我拿一块绢布来!"

所谓主辱臣死,护卫首领卓蒙见云琅态度恶劣,竟敢当着卓姬的面出言不逊，不由得大怒，刚要上前踹门，就被平叟一声断喝给阻止了。

平叟扫视了一遍院子里的闲杂人等，沉声道："都出去吧。"

当院子里只剩下卓姬、平叟与两个年长侍女的时候，卓姬轻启朱唇问道："怎么回事？"

平叟瞅着云琅映在窗纱上的影子道："入魔而已，没什么大不了的。"

"何事让他心力交瘁至此？"

"听他怒吼的话语来看，他似乎在琢磨一种新的犁具，只是中途遇到了一些困难，遂走火入魔。"

"好事？"

"好事！但凡走火入魔之后还能醒过来的人，一般都有大成就。所谓不疯魔不成活，就是这个道理。"

卓姬点点头认同平叟的判断，云琅能为了卓氏如此殚精竭虑，这让她心头大慰："他院子里的侍女粗陋不堪，明日换两个聪明伶俐的过来。"

平叟苦笑道："他可能不同意。"

"这是为何？你们男子不是都喜欢美丽妖娆一些的女子吗？"

平叟继续苦笑着摇头道："这家伙不同，他是一个看起来桀骜不驯实际上非常重情的人，不论是一个物件，还是一个人，只要在他跟前久了，他就不愿意撒手。丑庸虽然笨拙丑陋，却是他用惯了的人，大女调换丑庸，恐怕他第一个就不同意。且随他心意吧，至少，过了这段时间，您再施以笼络手段也不迟。"

丑庸干别的不成，倒是熬得一手好粥，尤其是小米粥，金黄金黄的，一碗下去，云琅什么脾气都没了。文人的思想，可以灿烂瑰丽，可以天马行空，文人甚至可以信口开河，也可以另辟蹊径，可以脑洞大开，更可以空中楼阁。唯有格物一道，是一个盖房子的过程，必须先从打地基开始，然后筑墙，然后封顶，哪一步错了，房子就盖不成。收拾心情想明白这个道理之后，云琅的心情就好了很多。喝了一碗粥之后,他把毯子往身上一盖,万事明日再说。

早上起来以后,云琅就钻进了冶铁作坊,昨晚烧化的铁料,已经变成了铁水。云琅不顾工匠们的哀求,硬是往铁水里添加磨碎的铁矿石,一边添加,还一边要工匠们搅拌。

老工匠痛哭流涕,眼看着一炉就要成功的铁料被云琅弄得乱七八糟,指着云琅怒吼道:"败家子,老夫要去主人那里禀告!"

穿着厚厚隔热衣服的云琅回头瞅瞅老工头,皱眉道:"你就不能等会?"

老工头可能刚刚哭过,现在精神非常饱满,狞笑一声就离开了工棚。

云琅微微一笑,摇着头对其余工匠道:"加把劲,中午我请大家吃肉。如果事情成了,从明日起,给你们发工钱,梁翁就算了,他不稀罕,也就不发了。"

工匠们一听这话,即便不信云琅的话,手底下的动作也变得更快、更有力了一些。匠奴对主家来说就是跟牛马一样的东西,只要给口吃的,就可以被主家往死里使唤。现在猛地听到有人准备给他们发工钱,不论怎么想,都不妨碍他们的身体对自由跟尊严的渴望。老工头梁翁就是没弄明白这个道理,他认为只要拼命为主家考虑了,主家也一定会考虑他们的。他已经活了五十多岁,也失望了五十多年,到如今,他依旧怀有希望。后世的办公室政治用在梁翁的身上有些大材小用。可怜之人必有可恨之处,云琅却恨不起来,觉得如果连一个卑微的老头子都要恨,他在这个时代恐怕就只剩下造反一条路了。

梁翁当然是没资格见到卓姬的,他能见到的人只有卓蒙,而卓蒙在知道了这件事情之后,也没资格找云琅的麻烦,只能把事情原原本本地告诉平叟。至于平叟的态度则非常奇怪,他骂了卓蒙一句多管闲事,就继续抱着茶罐子研究他的新式饮茶法。羞怒交加的卓蒙狠狠地抽了梁翁一鞭子,一道鞭痕从梁翁的额头一直延伸到下巴上,隆起的部位皮开肉绽,鲜血淋漓,低洼的地方也有青色的鞭痕。

云琅第一次炒钢自然是失败了，但这并不妨碍他邀请那些工匠喝酒吃肉。孤独的梁翁站在远处，伸长了脖子向这边看，他发现，工匠们果然是在吃肉。捞了最大的一根肉骨头啃的云琅没工夫说话，只是用空闲的那根手指指梁翁，立刻就有梁翁的徒子徒孙盛了一大碗肉给梁翁送过去。匠奴们挨鞭子简直再正常不过了，梁翁虽然很痛，却被一鞭子打醒了，云琅的事情不是他一个匠奴工头所能参与的。一头二三十斤重的瘦猪，哪里经得起十几个想吃肉想得快疯魔的人吃？云琅想去捞第二碗的时候，大瓦罐里已经连汤汁都没有了。

丢下饭碗，云琅拍拍手道："这几天就这么干，不断地往里面撒矿粉，不断地搅拌，在搅拌的过程中还要注意炉火，不能减弱火力，一定要用硬火、大火、大风。只要达到我的要求了，我就杀一头两百斤的肥猪请你们吃，带回家给婆娘娃吃也行。最重要的是，你们每人将会分到五百个钱，五百个属于你们自己的钱……"

梁翁顶着烂糟糟的一张脸，不知道该不该再相信这个败家子一次，其余的工匠却已经欢声雷动。从今天下午刚吃的这一顿肉来看，这个少年良家子还是很有信誉。他们不像梁翁想得那么远，只要有口肉吃，有人为废料担责任，那个答应给他们肉吃的人怎么说，他们就怎么干。

卓姬的脸色阴晴不定，云琅连续六天窝在铁器作坊，没干别的，就是在一炉炉地浪费铁料。至今，堆在外面的废料已经足足有一千斤了。

平叟放下手里的茶叶块子，笑着对卓姬道："大女的养气功夫渐长啊，老夫以为大女最多能够忍耐三天，没想到六天下来，你不但没去找云琅，反而找到老夫头上。呵呵，再这么下去，即便你父亲也不是你的对手。"

平叟说完，见卓姬想要说话，就摆摆手，指着桌案下面的竹筐里装着的茶饼道："老夫为了让茶更好喝，这些天试着烘焙，结果损失了快二十斤茶，估计还要继续损失下去……"

卓姬脸色苍白，颤声道："您说云琅还会这样无休止地试验下去？"

平叟笑道:"只要试验成功,过去损失掉的能十倍、百倍、千倍地收回来,更何况那些废掉的铁料,只需要再回炉一次就会成为好的铁料。"

卓姬咬着牙道:"您老知道云琅在试验什么吗?"

平叟大笑道:"不知。不过啊,再有三天,他无论如何也要给大女一个解释了。莫非大女以为云琅只需要肆意胡为而不需要承担责任吗?"

卓姬苦笑道:"大女能给云琅三天时间,恐怕家父以及家兄不会给他时间。"

平叟诡异地瞅了卓姬半天,看得她有些羞赧,又有些慌乱。

"大女为何不跟令尊将阳陵邑的铁匠铺子彻底地要过来,从而放弃蜀中的所有财物呢?"

"这怎么行?"卓姬目瞪口呆,自己第一次嫁入邓氏,带回来的钱财价值远超这座铁器作坊,仅仅是一座铁器作坊,根本就不足以维持她豪奢的生活。

平叟笑道:"那就再看看,反正主人到来还有几天,也不知云琅能否在这几天里给大女背水一战的决心。"

卓姬的目光散乱,瞅着桌案下烤焦的茶叶一言不发。

第三三六章 为奴五十年

又有一炉铁水变成了渣滓。云琅耐心地等暗红色半凝固的铁水被匠奴们从坩埚里面一点点刮出来。他用一根铁棍搅了一下黏稠的铁水,叹口气道:"搅动的时间再久半炷香,铁粉添加的数量再减少一分……"

"小郎,小老儿已经晓得您要干什么,只是,您这样就真的能弄出钢来?能否把道理跟小老儿说说?这里的匠人都是卓氏的家奴,不虞外泄。"

云琅叹口气道:"不是担心你们泄密,而是说出来你们弄不懂。简单地说吧,铁之所以是铁,而不是钢,两者最大的区别就在于碳这个东西上。我们添加矿粉再搅动铁水,就是打算让铁水里的碳被烧光,同时也能让矿渣跟铁水容易分离,最后直接通过烧化铁矿得到钢。就是这么一个简单的过程,没想到却会如此艰难。"

梁翁一脸的疑惑,他实在不明白云琅说的那个碳是个什么东西,不由自主地和其余匠人一起把目光落在当燃料的木炭上面。

云琅苦笑一声,用手帕擦擦脸上的汗水,指着另一炉已经快要烧好的铁水挥手道："继续，记着我刚才的话，我们继续，我见过有人用这个法子得到了钢水。别人能成，没道理我们就不成……"

云琅的话多少给了其余匠人一点信心，众人轰然应诺，再一次掀开炉盖，重复上一次的举动。只是这一次，他们搅动得更加有力，添加矿粉的时候也更加细心。梁翁突破性地拿着铁勺不断地将浮上来的渣滓一一撇掉。

云琅闻着刺鼻的酸味，忽然灵机一动，抓了一把石灰丢进了坩埚，并且大声道："火力加大，风箱一呼吸一次！"

火炉中的火苗腾地一下就蹿起一尺来高，火焰呈亮白色，靠得最近的梁翁头脸上的毛发立刻卷曲，汗水刚刚从皮肤里渗出来，转瞬就烤干了。其余匠人也好不到哪里去，在炉子跟前连呼吸都成了一种奢望。滚烫的空气进入肺中，五脏六腑如同被放上了蒸笼，备受煎熬。

云琅将一瓢凉水浇在头上，大吼一声道："快要成了！"

眼看着铁水由暗红色变成了亮红色，梁翁也大叫道："铁水与以往不同！鼓风，再鼓风！"

一人高的风箱，在四个赤裸着上身的大汉费力地推动下，进气口发出呲呲的响动，每一次推动风箱，炉子里的火苗就高高地蹿起来。

眼看着渣滓已经不再出现，云琅嘶吼道："出炉！"

亮红色的铁水被倒进了倒好的沙模中，一炉铁水，只能装满六个沙模，每个沙模只有一尺长、一寸宽、一寸深，是标准的五斤重铁模。铁水被倒进了模具里，云琅就一屁股坐在沙子堆上，眼睛死死地盯着那六个模具里正在慢慢凝固的铁水，一颗心扑通扑通快要跳出嗓子眼儿了。他很希望这一次能够成功，今天已经是第十天了，废掉的铁水至少有一吨，用掉的木炭更是不可计数。如果在后世，这样的浪费屁都不算，再来十倍云琅都不会在乎。可是在这个把铁当钱用的时代，如果再不给卓姬一个交代，恐怕说不过去。工匠们耗尽了力气，跟云琅一样坐在沙堆上眼巴巴地看着，那几个拉风箱的人更是躺在地上如同死狗一般张着嘴喘气。即便如此，他们的眼睛依旧盯在那几个模具上。云琅的鼻子有些发酸，这种如同小狗看食物一般眼巴巴的眼神让他感触良多。很久以前，他们在攻克一道道难关的时候，也有过这样的眼神，只是后来就变了，大家把更多的注意力放在人际关系上，很少关心这些事情，即便有，也没有那种渴望跟激动。梁翁大口大口地喝水，只是手抖得抓不住木瓢，水洒了一身，顺着黝黑干枯的胸膛成串地掉在沙子上，弄出一个小小的沙坑。

"一定要成功啊！"云琅重重地一拳砸在沙子上。

傍晚的时候，云琅带着梁翁抱着一个包裹来到了卓姬的小院子。平叟也在，漫不经心地喝着茶。卓蒙抱着一把刀站在门廊下，不怀好意地打量云琅跟梁翁的脖子。云琅进院子卓蒙不好阻拦，刚要伸出手喝令梁翁滚出去，却被云琅阴沉的眼神吓了一跳。"滚开！"云琅的眼神极为坚定。

卓蒙跨前一步，刀子都抽出来了，就听见卓姬清冷的声音从大堂传来："让他们进来。"

云琅微微一笑，回首对梁翁道："要么死，要么自由，等一会你自己选，我只能帮你们到这个份上了。"

原本低着头缩着脖子的梁翁蓦然抬头，往日顺帖的胡须这一刻似乎都奓起来了。"小老儿为奴五十年……"声音哽咽，再也说不下去。

云琅笑道："留着话一会对他们说。"说完就踏进了大堂，端起平叟的新茶壶一顿长鲸吸水，就把一壶水喝得涓滴不剩，"还是那么难喝，青草味都没除掉，很失败！"

平叟笑道："今天这么长气，看样子你成功了？就是不知道值不值你废掉的两千多斤铁水。"

云琅露出洁白的牙齿大笑道："我想要更多！"

卓姬掀开面纱露出洁白如玉的面庞，微启红唇笑道："我是商贾，商贾自然是要看看货色之后再讲价钱的。"

云琅笑了，瞅瞅不动如山的卓姬，再看看摇着羽扇跟诸葛亮一样的平叟道："最讨厌你们这些资本家装模作样的样子，明明好奇得快要死掉了，还非要装出一副万事都在掌握中的模样。"

卓姬一张俏脸顿时变得通红，至于平叟，则笑得更加云淡风轻，老脸上的皱纹聚在一起，很像一朵盛开的菊花。云琅没有继续说下去，成功以后的人可以嚣张一下，却不能没有度。麻布摊开，一块黑黝黝的铁块放在卓姬的矮几上："先看货，我们再论价钱。"

卓姬对铁器不懂。平叟走过来，满不在乎地用手指弹弹铁块，脸色微变，抽出一把小刀子在铁块上敲击了一下，叮……听到这个声音，平叟就冲着卓姬点点头，然后坐回自己的座位上去了。

"卓蒙，用你的刀斩断这块铁料！"

卓蒙立刻抽出雪亮的长刀，长刀在空中转了半圈，然后在卓蒙吐气开声中重重地斩了下去。叮……又是一声响，只是这次声音大得多。

云琅瞅着平叟笑道："什么坏习惯啊，用百炼刀斩铁？这能试验出什么？哪怕是粗铁，这么厚的一块铁料，他也斩不断啊。"

"钢刀斩铁，贵族们试验好钢或者好刀的不二法门，确实很没道理不过大家都喜欢，你就将就吧。"

铁料被长刀斩出了一个半分深的口子，至于卓蒙手里的刀子，已经弯了。

卓姬认真地检查了铁料上的口子，满意地点头道："不错，总算两千斤铁料没有白白浪费。听着，从今天起，你每月的食俸与平公相同，另外，再给你院子里添两女四男六个仆役，另有马车一辆、拉车骡子一匹、锦缎十匹、麻布一百匹、绢丝五十束、黄金十斤。"

云琅听得很认真，平叟也满脸笑容准备恭贺云琅，毕竟，一步登天这种事情不是年年都有的。

"完啦？"云琅张嘴问道。

卓姬一张脸有些黑，还是继续道："再给你一座阳陵邑的房子。"

云琅摇摇头道："我的功劳你之前给的那些已经足够多了，甚至有些奢华了。我问的是你给他们什么赏赐！"

卓姬有些疑惑，不知道云琅是什么意思，难道说家奴也需要厚赐？往日里，不是给几顿饱饭、几件衣衫就可以了吗？

梁翁扑通一声双膝跪地，连连叩头道："老奴别无所求，只求主人能给老奴放籍。"

"放肆！"

怒喝的不止卓姬，平叟、卓蒙一起断喝，声势惊人，大厅里的温度似乎都降下来了。梁翁浑身颤抖，显然惊惧到了极点，不过，在云琅期盼的目光中他还是抬起泪痕斑斑的老脸哽咽着道："老奴为奴五十年……"话说了半截却怎么都说不下去，心中太多的苦楚堵住了他的嘴，让他一个字都说不出来。

平叟脸色铁青，一字一句道："一日为奴，终身为奴的道理你难道不懂？"

见梁翁磕头磕得额头都出血了，云琅心中微微叹气，看样子梁翁选择了退却。

"自女娲造人以来，良贱已定……"平叟见梁翁不敢说话，准备乘势追击。

"不见得吧？昔日的始皇帝今安在？昔日皇族或者身死族灭，或者沦落为奴，谁说女娲娘娘造人之后就把人的身份给定死了？我大汉高祖揭竿而起，斩白蛇赋《大风》，从一小小亭长终成大业，谁说身份不可改？即便是楚霸王项羽，也不过是说了一句'彼可取而代之'，就纵横天下不可一世，声威煊赫之时，即便是高祖也要退让三分。谁说身份不可逆？"云琅反问道。

卓姬疑惑地看着云琅，不解道："你喜欢奴隶？"

云琅沉重地摇摇头道："我讨厌奴隶，非常讨厌，讨厌他们唯唯诺诺，看到了就想踹一脚，讨厌他们长着人的模样却跟牛马一样生活。我是人，所以就会认为长得跟我一样、说话跟我一样的就该是人，所以我见不得一群披着人皮的牲口。如果老天真的要他们当牲口,就不应该再给他们一张人皮。当然,最主要的原因是,奴隶跟牲口一样只会被动地干活,想要他们把活干好、干精通,这不可能,那是人才能做到的。接下来,我要干的事情全部是人才能干好的事情,你这里全是奴隶,我要他们还不如要一群真正的牲口,至少,牲口的力气更大!"

第三七章 失败的奴隶解放行动

平叟也疑惑地瞅着云琅道:"你这样想是不对的。"

云琅耸耸肩膀笑道:"就事论事,奴隶没有立场,没有进取心,不适合操作精细的事情。"

卓姬似笑非笑地道:"其实还有一种解决办法,那就是把这些匠奴卖给你。"

云琅笑道:"这主意不错,卖给我之后我会给他们解良文书。"

卓姬瞪大了眼睛道:"你不是为了控制这些人才提出这样的要求的?"

云琅摇头道:"拿着你的钱,用着你的人,浪费着你的物资弄出来的东西自然是你的,这一点没什么好说的。"说着话他从怀里掏出一块绢帛放在桌子上道,"这是配方跟流程示意图。"

平叟长长地吐了一口气,取过绢帛仔细地看了一遍对卓姬点点头,就继续闭目沉思。他到现在都没有弄明白云琅的目的所在,必须尽快想通。

"小老儿六岁能干活的时候就进卓氏为奴,至今已五十余年⋯⋯我父是匠奴,我母是仆婢……四十岁指婚才有了我，每日辛苦却只能果腹。寒天腊月，家无取暖之物，家父家母相拥取暖，将我包裹其中……及天亮，家母身体已经冰冷，犹自将我环抱其中……家父剥除家母衣衫裹在我身……只愿我……能活下去。"

梁翁说得悲苦，卓姬眼中已有泪光，平叟眉头紧皱，他们虽然同情梁翁，却没有改变心思的意思。至于卓蒙脸上则浮现出幸灾乐祸的模样，很显然，梁翁说的这一幕他很熟悉。

"到我成年，主家以我勤劳能干也为我婚配。来年生子，一子亡。越年生子，二子亡……十年六子……只余一女……"

随着梁翁的故事逐渐加长，不论是卓姬还是平叟眼中都有了不耐烦的意思。在他们看来，今日已经听了太多奴隶的话语，而梁翁竟然还没有停止的意思。云琅在边上笑眯眯的，还不断地打量他们的神色，似乎是在看一场猴戏。这让卓姬变得有些羞怒，梁翁的事情就发生在她的眼皮子底下，这故事越是悲惨，就越是能够证明卓氏为富不仁。平叟却从云琅戏谑的表情中发现，这家伙为梁翁他们出头是假，目的似乎在测度卓氏的胸怀气量，而卓氏对梁翁等人的处置结果很可能会影响让云琅走火入魔的那个犁头。

"你这么说其实没用！"打断梁翁悲苦诉说的人是云琅，在座的所有人都瞅着云琅准备听他继续说，"你的悲剧本身就是他们造成的，你指望从他们这里得到救赎，这不是缘木求鱼吗？听着，老梁，你应该这么说……"

梁翁抬起满是泪水的老脸疑惑地瞅着云琅，而平叟则是一脸的无奈。

"老子不干了，有本事就把老子砍死，你卓氏的新式冶铁法只有老子掌握了，而这个叫作云琅的家伙一点都不可靠。万一他抽身走人了，卓氏就再也没人会新式冶铁法。现在，要么给老子解良文书，要么一刀砍死老子！还有我闺女的解良文书一起给我。如果你们这么做了，我老梁这一辈子就卖给卓氏了，保证忠心耿耿，新式冶铁法只会装在脑袋里带进坟墓！"

卓蒙大怒，一脚踹翻梁翁道："白日做梦！"

梁翁怯懦地指着云琅对卓蒙道："是他说的，不是我说的。"

梁翁的一句让卓姬扑哧一声笑了出来。

平曳苦笑着对云琅道："你看看，你看看，没有担当，如何为人？"

云琅的一张脸变得通红，还有点气急败坏，跳着脚道："他要不要是他的事情，老子给不给是老子的事情，只要老子想给，他就得拿着，有我在，他们就算是想继续为奴都不成！"

平曳哈哈大笑，指着云琅道："这才是你啊，这才是一个上位者。"

卓姬原本努力想要控制住不笑的，听了平曳的话再也忍不住了，笑得花枝乱颤。他们两人笑得越厉害，云琅的脸色就越是难看，眼看着就要爆发了。

就听卓蒙抽出刀子道："有本事把你刚才说的话再说一遍。"

刚刚用威胁的法子让梁翁改口，卓蒙觉得这法子对云琅也应该有效。暴怒的云琅瞅了一眼这头蠢驴，一张俏脸变成了铁青色。

平曳一看不好，张嘴道："手下留情！"

平曳还是说晚了，只听铮的一声金铁交鸣之音。一支一尺来长的铁羽箭就插在卓蒙的大腿上，卓蒙惨叫一声，钢刀当啷落地，那支铁羽箭竟然穿透了他肥厚的大腿，雪亮的箭镞从大腿的另一端露了出来。

眼看着卓蒙抱着大腿在地上翻滚，卓姬拍案而起道："你好大的胆子！"

话音刚落，屋子里就呼啦啦拥进来一群卓氏家奴，七八把长矛对准了云琅，只要主人一声令下，云琅身体上立刻就会多出七八个血洞来。平曳的眼珠子转得如同走马灯，他似乎想起了什么，才要喝止家奴，就听云琅大声道："霍去病，你要是再不出来，老子就死定了。"

卓姬吃了一惊，霍然站起四处观望，平曳却一脸的死灰，再无精神。

"没事，你死不了，继续啊，再杀两个我就出来了。你刚才用弩箭伤人的模样很果断啊。"一扇窗户被推开了，霍去病那对可笑的眉毛就重新出现在云琅的视线中，他把短弩收进后腰，大笑，"我说过十五天，就是十五天，不会有错。"

霍去病无视面色铁青的卓姬和坐在桌案后一脸痛色的平叟道:"你说的大功劳已经成功了?"

"需要的材料已经试验成功,大功劳也就唾手可得。"

"桌子上的那个东西就是材料?"

云琅点点头道:"确实如此,不过,那是卓氏的东西,我们说的大功劳不是这东西。"

听云琅这么说,平叟立刻睁开了眼睛,这一刻,老家伙的眼神亮得惊人。霍去病把目光从那块铁上收回来遗憾地道:"可惜了。"然后重新看着云琅道,"你真的要给这些匠奴解良文书?"

云琅看了一眼抱着柱子偷偷看他的梁翁咬咬牙道:"自然是真的。"

"这是为何?"霍去病露出了与卓姬、平叟一样的诧异表情。

云琅笑道:"这些天与这些人日夜劳作,虽说艰苦,却非常愉快,这就难免生出一些同袍之情。"

卓姬怒道:"就为了这些?"

云琅怒道:"难道还不够吗?"

平叟一张老脸重新皱成了一朵菊花苦笑道:"少年任侠啊,这种事我们可以好好说的,卓氏家奴十余万,解良几个不算什么。"

云琅哼了一声道:"求人的事情我不做!"

"所以你宁可把事情弄到现在的地步?"

"谁让你们不快点答应的,那家伙还叽叽歪歪地威胁我。"

平叟指着快要被吓死的梁翁道:"你以为一个匠奴有了解良文书就成良人了?把解良文书给他们,他们更活不下去。"

云琅不解地瞅着霍去病,只见这家伙龇着一嘴的大白牙笑道:"良人是要缴纳赋税的,一个没有缴纳过赋税的人,不算良民,会被官府捉去成为官府的匠奴，修皇陵、修水利、筑城、开塞、随军队远征……呵呵，用处多着呢。除非……"

"除非什么？"

"除非他们成为你的部曲，由你缴税，基本上就没有问题了。"

"当我的奴隶跟当卓氏的匠奴有什么区别？不都是奴隶吗？"

霍去病滑稽的眉毛左右动动大笑道："似乎是这样的，你可以对他们好点啊，哈哈哈哈。"

霍去病无良地大笑，平叟没心肝地大笑，卓姬掩着嘴嘲笑，就连趴在地上努力拔铁羽箭的卓蒙都有些幸灾乐祸。当一个阶级想要完全控制另一个阶级的时候，基本上不会给你半点空子钻。除非你足够优秀，优秀到让所有人只看你本人，而不看你的身份。

事实上，严格算起来，云琅自己比奴隶还要惨，因为他是野人，还是一个有着老秦人身份的野人。只是他从一开始就以良家子的身份出现在世人面前，不论是他表现出来的教养，还是学识、技能都不是一个奴隶该有的。这才让所有人忽视了他的身份，以为他是同类人。猎夫们如果不小心弄死了一个奴隶，立刻就会有奴隶的主人找上门，如果不能赔给奴隶主足够的钱财，按照《大汉律》他就会被奴隶主弄走代替那个死去的奴隶。而猎夫弄死一个野人，与弄死一头野兽没有什么差别。云琅确实没有诚心诚意地帮助奴隶获得解放的心思，他只是看不下去，从而用梁翁他们来试探一下，看看有没有改变身份的可能，另外，也为自己将来能更进一步做点准备。眼看人家的网织得密不透风，而梁翁似乎也没有坚持到底的决心，云琅长叹一声准备放弃。

梁翁却一下子从梁柱后面跑出来，抱着云琅的双腿，带着无限的期望仰头哀求道："小老儿愿意成为小郎的部曲！"

云琅咦地惊叫一声，他还是很不习惯被人跪拜，好不容易从怪异的感觉中清醒过来，苦笑一声道："你现在倒是精明！"

第三八章 少年人论匈奴

没有努力就没有收获。这句话在大部分时候是很有道理的，至少，梁翁努力之后就有了收获。他跟他闺女以及多病的老婆从今天起就变成了云琅的部曲，同时被开革出卓氏的还有胖丫鬟丑庸。至于别的匠奴，卓姬一个字没提，平叟也好像忘记了云琅的要求，霍去病根本就没把这事当作一件可以摆上台面说的事情。于是，云琅也只好选择性忘记。

炒钢的工艺，在卓姬、平叟亲眼见证下，再一次获得了成功。刚刚获得了一点奖励的匠奴们工作更加精心，同样的一锅铁水，获得的钢料比上一锅还要多一些。这也证明了云琅刚才说奴隶干不好活的论断纯属屁话。一个人做事说话一定要缜密，看看卓姬、平叟看云琅的眼神就知道，这两人已经在严重怀疑他的人品。

至于卓蒙就遭罪了，云琅的铁羽箭又有一个名字叫作铁羽狼牙箭。因此，想把这种羽箭从腿上拔出来非常受罪，除了匈奴人用的真正的狼牙箭之外，其他狼牙箭都是有倒刺的。一边是卓姬等人欢天喜地地庆祝新式冶铁法的诞生，另一边是卓蒙被两个杀猪匠模样的大夫绑在案子上拔狼牙箭。

欢喜中带着疼痛才是这个世界前进的本质。因此，云琅也很快就忘记了自己造的孽，跟霍去病一起愉快地吃肉喝酒，顺便商量一下应该把曲辕犁放在哪里制造。平叟是一个非常聪明的人，曲辕犁的事情他是知道的，卓姬也是清楚的，本来两人还对曲辕犁有一些想法，在霍去病避嫌不去看炒钢过程之后，他们俩就非常知趣地忘记了曲辕犁。他们相信，这时候绝对不能把霍去病当作一个小孩子看。事实上他们的判断是对的。如果给霍去病换一套女人衣衫，他就立刻会变成伟大的长平公主，因为他跟云琅说的每一个字都是出自长平公主之口，根本就没有他的任何智慧在里面。看得出来，霍去病这个人很讨厌当别人的传话筒。

"曲辕犁的真实效果如何？"

"是现在铁犁效用的五倍，还能帮助农户少养一头耕牛，如果家中无牛，两个壮劳力也能拖着耕犁干活，就是不如耕牛快而已。"

"一架曲辕犁造价如何？"

"不知道。不过，整架耕犁的费用大多在犁头上，只要炒钢工艺能够得到大范围的应用，耕犁的价格就能迅速地降下来。"

"曲辕犁从不见史册记载，仅凭空想无济于事，必须先制造出一架来，然后方能徐徐推进。"

"同意，可是我是一个穷光蛋，最近又被卓氏从冶铁作坊撵出来了，手头只有三个妇人、一个老汉，无力制造。"

"这部分的费用由大将军府来出……"

"先给我一百万钱……"

"你要这么多钱做什么？难道说一架曲辕犁需要这么多钱才能做出来？"

"在一架完整的曲辕犁做出来之前，我至少会制造十架以上的废品。你没见炒钢法出现之前，我弄废了多少铁水吗？"

"好吧,我回去如实禀报……"

一大堆没有意思的谈判话说完之后,两人都懒懒地躺在床榻上,把脚搁在窗户上,多余的一句话都不想说。有人陪着发呆是一种享受,云琅就是这么认为的。他以为只有自己一个人喜欢没事干发呆,没想到霍去病也有这毛病。直到丑庸端着瓦盆告诉云琅面团已经醒好之后,两人才算是活过来了。

"我一直不喜欢蒜头!"正在揉面准备扯面的云琅忽然听到沉默了很久的霍去病说话了。

"蒜头金贵着呢,没听说张骞刚刚带回来的时候大家打破了头争?你好好地把蒜头剥干净,马上要用!"

"吃了之后嘴臭……"

"拌面味道很香……"

"我是说,这东西来大汉才四年,现在遍地都是了。就像匈奴人,以前从来不会出现在关中,现在,上林苑偶尔都会有匈奴的探子出现了。"

"这么说,云中一代岂不是满世界都是骑马的匈奴人?"

"差不多了,我舅舅说匈奴人现在越发猖狂了。他们已经不满足我们送去的美女,开始自己来抢了。"

云琅指着勤快地扫着院子的丑庸道:"我家里的女人很安全。"

霍去病丢下蒜头道:"我家里的不安全!"

云琅把面团翻了一个身,然后用瓦盆扣住,习惯性地抄起自己的茶壶,嘴对嘴喝了一口道:"所以你舅舅该出征了?"

霍去病摇头道:"有人不同意。"

云琅长吸了一口气道:"不同意算是老成谋国的看法。"

霍去病诧异地看着云琅道:"你也不同意?"

云琅笑道:"我不同意有个屁用!只是觉得没商量好怎么出征就慌乱出征,即便是打赢了,也没有太大的意义。"

霍去病一拳砸在云琅摊开放在案几上的手上，怒道："外敌入侵，生灵涂炭，陷边城百姓于水火之中，如何容得我们细细思量？"

云琅的脸红得如同秋日的晚霞，这不是感到羞愧，而是被霍去病榔头一样的拳头砸在手上引发的疼痛导致的："愚蠢，匈奴人坐在马背上来去如风，劫掠如火，绝不在同一个地方停留三天。等你去了云中，匈奴人说不定早就跑去了晋阳，等你追到晋阳，人家说不定早就跑去了河西。抓不住匈奴人，只能把我们的将士肥的拖瘦，瘦的拖死，兵疲将乏之下，匈奴人要是再回马一击，死的人更多。"

"咦，你怎么这么熟悉匈奴人？莫非你就是匈奴派来的探子？"

"哎呀，该死的，我怎么就忘了我还身怀如此重任？多谢霍兄提醒！"

话不投机半句多就是这样的，一个被战争荣耀冲昏头脑的少年人，听不得半点关于失败的论断。他认为只要自己出马，就绝对不会有失败这回事。大汉直到现在依旧对匈奴持守势，完全是因为现在掌兵的将领全部是尸位素餐，哪怕其中一位还是他舅舅。他觉得，如果换成他掌兵，一定能把匈奴所有的牛羊弄回大汉供全国百姓大嚼，更能让匈奴单于跪在伪帝刘彻的面前瑟瑟发抖。然后，自己胸前挂着一枚八十斤重的金牌上书——天下无敌！"这确实很麻烦啊，怎么才能拖住匈奴人不让他们乱跑呢？"

霍去病终究是不同的，在少年狂想病爆发的同时还能有一点忧虑，这非常难得。

"其实很好办啊。"

"计将安出？"

"其一，从皇宫里弄百十个绝色美女放在一座小城里，整天大张旗鼓地跳舞唱歌，让匈奴的探子看清楚每一个美女的漂亮模样，然后回去禀报给单于。那些对我们丑公主都趋之若鹜的大小单于一定会发疯，大家都想要美女，然后就千里迢迢地跑来抢美女。嘿嘿，我们趁机布下重兵，然后哈哈哈……"

霍去病抽抽鼻子道:"这法子不成,张贯两年前用过,其中一个美女还是他闺女,结果不太好,匈奴人抢走了美女,还弄死了张贯麾下一千三百人……"

"呃,张贯是谁?"

"左将军,以前是中郎将,以武勇冠绝天下,结果那一次很倒霉,丢了闺女,也丢了官职,只好在家喝酒骂人,最近骂人骂得起兴,连丞相薛泽都没放过,我舅母说他快倒霉了。"

"好吧,前面的话就当我没说,不过啊,这个张贯也太没脑子了吧,竟然让自己的闺女上场!"

"这其实也不怪张贯,人家拿闺女引诱匈奴是忠心耿耿的表现,反正他有二三十个闺女,丢一个也没什么。他只有六千兵马,谁能想到匈奴一次会来五六万人?就因为连他闺女都被抢跑了,陛下才会对他这一次兵败持宽容态度,毕竟对朝廷忠心耿耿嘛。"

"你以后如果这样表现你的忠心,最好离我远点,我怕天上打雷的时候被你牵连。"

"你刚才还说用美人引诱匈奴来着。"

"那是用皇帝家的美女好不好?"

"呀,我忽然发现你好像对陛下很不满。"

"没有的事,只是觉得小户人家禁不起折腾,反正皇家喜欢送美女给匈奴,一次一个跟一次一百个区别不大。"

"那是和亲,现在已经不多了,当年高祖被匈奴困在白登山的时候,皇后可是一次给单于送了九十九个美女。就这,匈奴单于还不满意,特意写信来问咱们六十岁的老皇后,表示他对皇后非常倾慕,问老皇后有没有亲自去匈奴游玩一遭的意思。"

云琅吃面的速度不由自主地加快,能听到这样的皇家秘辛很难:"老皇后怎么说？"

"老皇后一点都不生气，说她年纪大了，不能侍奉英雄，所以就派些年轻的去……"

"噗，咳咳咳……"云琅差点被一口面条呛死。

第三九章 严谨的科学发展观

　　这个世界最美妙的就是少年人。霍去病跟云琅以前见过的少年人一样不太靠谱，一样喜欢做白日梦，一样对未来充满了希望，一样喝高了之后就会鬼哭狼嚎。很好！太好了！顶呱呱啊！云琅觉得自己可以跟少年人一起混，尤其是跟霍去病这种明显有妄想症的少年人一起混太安全了。即便是发疯，人家也会大度地哂然一笑，然后道："年轻真好啊……"

　　如果总是跟太宰这种被始皇帝严重洗脑并且对一个死人至死不渝的人在一起，他迟早会走上恐怖的反汉复秦的不归路。如果跟平叟这种没事干就讲究阴阳调和并且将所有阴暗心思都归咎于天地阴阳变化的人一起混，云琅觉得自己不变成一个脱离实际只喜欢耍嘴皮子靠脑子算计人的恶棍才怪。如果跟卓姬这种骄傲得如同孔雀一样没事总是喜欢开屏，并且露出丑陋光屁股的人一起混，云琅觉得自己迟早有一天会跟她有一腿。以上三种可能实在是太恐怖了，没一样是云琅想要的。

　　霍去病就着一碗面条跟一头蒜喝了一罐子烈酒、两三壶浓茶，结果就是剧烈地发酒疯，然后被大将军府的马车接回去。至于卓氏的马车，酒醉的霍去病也不愿意去坐。

平叟双手笼在袖子里，笑眯眯地目送霍去病的马车离开，然后就对云琅道："手段不错，算是笼络住了一个贵公子。"

云琅笑道："你知道我志不在此，何苦拿我来说笑？"

平叟摇摇头道："这不是笑话你，而是在羡慕你。你知道这世上每日有多少人在追逐肥马轻裘吗？能做到你这个地步的据我所知一个都没有。想要往上爬，没有青云梯是不成的，即便有满肚子的才华，也需要人引荐才能，一展胸怀。老夫当年如果有你现在的机遇，何苦蜷缩在卓氏充当一个食客？"

云琅笑道："平公也有一襟怀抱未曾施展吗？"

平叟笑道："晚了，晚了，如今只能依靠腰里的几个铜钱，调戏一下小女子。"说着从袖子里取出几片简牍文牒递给云琅道，"小郎胸有沟壑，必不在意民籍这等小事，从尔缙云氏祖地办理，必定迁延时日，又听闻小郎与故乡父老不甚和睦，老夫遂自作主张，为小郎在阳陵邑办理了民籍，从今后，小郎就是蓝田县人氏。只是蓝田县自从高祖二年（205）大饥荒之后就更名为渭南郡，户籍大多流失。八年前，蓝田县又被陛下划入上林苑，又在去年修建了上林苑鼎湖宫。一连串的变革下来，蓝田县中的民籍已经散乱至极，正好给了老夫可乘之机，买通一二胥吏，成就了小郎蓝田县上户之名。文牒在此，小郎只需填上父祖之名，就成关中子弟了。"

平叟笑眯眯的表情让云琅心中一阵阵地发寒，这个老家伙竟然不声不响地在调查自己。如果自己没有表现出过人之处，恐怕这就是这家伙对付他的一个把柄。现在眼见自己跟霍去病结为挚友，他立刻就把调查监视说成了置办文牒，把自己可能对卓氏的最后一丝怨恨也消除得干干净净。做事真真正正是滴水不漏。

云琅抓了简牍一把，却没有抓回来，另一头被老贼抓得紧紧的。云琅只好松开简牍，拱手道："小子欠平公一个人情，他日但有用到小子的地方，云琅必不敢忘。"

平叟哈哈大笑，一把将简牍拍在云琅的怀里道："一家人说两家话，小郎真是太客气了，哈哈哈哈哈哈……"

得到了云琅亲口承诺，平叟就满意地背着手走出小院子，经过一个小婢身边的时候，还在人家屁股上重重地抓了一把，可见这个老贼的心情是真的很好。

云琅回到房间瞅了一眼简牍，就知道自己上当了，痛苦地揪着头发把脑袋往案几上撞。简牍很旧，一看就是有年头的东西。上面的文字也没有错，只是在写名字的地方被人用抹布擦洗掉了原来的字迹。既然蓝田县的户籍大多遗失，也就是说官府手里留底的名册是不全的，现在全靠百姓手里的文牒来登记户籍。云琅自己大可制造一个假户籍，然后去渭南郡官府登记也是没问题的，自己既然接受了平叟的好意，自己没户口的事情已经彻底地暴露了。

丑庸见云琅糟蹋自己，惊恐地站在一边不敢说话，就听云琅呻吟着道："还是太年轻啊！"

自从卓氏有了新的冶铁方法，卓姬的一颗脑袋就再也没有低下来过。别人家冶铁，她家炼钢，仅仅是两个字的差别，就让卓氏冶铁作坊的档次提高了十倍。这个狠毒的女人，明明知道她老爹已经快要被《盐铁令》折磨死了，不但不伸手帮忙，反而还跟她老爹哭哭啼啼地要阳陵邑的作坊。也不知道肥胖如猪的卓王孙是怎么想的，带着一群跟他一样胖的儿子呼啦啦地来到了阳陵邑，满足了女儿的要求之后又呼啦啦地离开了。可能是蜀中的形势太严峻，他仅仅在阳陵邑停留了一天。就是不知道这位伟大慷慨的父亲在听说卓氏冶铁作坊有了赚钱的新工艺之后，会不会被自己的不孝女活活气死。

卓王孙来的那一天，卓姬不允许任何奴仆在外面胡乱走动，更不允许云琅走出他的小院子一步，为此，云琅得到了一大堆精美的食材。云琅的小院子说小，其实并不小，除了中间的正房之外，两边还有耳房。丑庸现在是得了意的，把自己的房子安排在左手最靠近云琅卧室的地方，整日里指挥着梁翁老两口跟一个瘦弱的小姑娘干这干那。她知道云琅喜欢干净，整个小院子里连一棵杂草都看不见，即便是有泛碱的浮土，也会被梁翁的老婆跟囡女扫出去，再用石锤把地面锤结实了。

云琅小院子里的饭食永远都是令人期待的，只是平叟最近不太来了，他实在是忍受不了跟四个奴隶吃一样的饭菜，并且极为痛恨云琅的自甘堕落。不知道他坚持什么，反正面子大于天是肯定的。这种坚持让云琅非常感动，觉得这家伙还是有缺陷可以让自己攻击的。一个没有任何道德缺陷的人，云琅一般是不跟他接触的，和这样的人生活在同一片天空下已经是罪孽了，再呼吸同样的一股空气，会让他发疯。

长平公主就是这样的一个人。她是伪帝刘彻最忠实的拥护者，是天下妇人纷纷效仿的女德标杆，是大将军卫青少年时期的女神，是霍去病最严厉的指导者，更是云琅这个可怜人的最大债主。

"一百万钱，十天就花用干净了，不知小郎是如何花用的，可有账簿可以查验？"长平公主的声音听起来很动听，如同黄鹂鸣叫一般清脆，只是话语里的意思就让人非常不愉快了。

事实上，不管是谁被人查账，心情一般都不会太好。新式记账法已经糊弄了卓姬很多天了，云琅也因此从中获得了很多的利益。比如说这一次制造曲辕犁用的钢，就是平白无故地用账目制造出来的，云琅不但没给卓姬一个钱，反而从她的账房那里拿到了两万四千钱。当然，这点钱在卓氏冶铁作坊最近庞大的交易往来中是微不足道的。卓姬想要弄明白，以她用算筹的方式计算，估计需要计算到明年春天。

长平公主这人有一个特点，那就是只要抓住你的一根毛，她就能顺着这根毛最终把你隐藏在黑暗中的裸体全部揪出来。新式记账法对她一样具有强大的欺骗性，只是她固执地认为制造一架曲辕犁，无论如何也不可能在十天之内花销一百万钱。

"你且来说说，为何曲辕犁明明已经制造好了十一架，你却在账目上勾销了其中的十架？而且两千一百斤钢料，为何在打造之后就成了两百八十三斤？其余的钢料哪里去了？"

长平公主根本就不懂得什么叫作核销。做好十一架曲辕犁核销十架，这是科学常理，精益求精嘛，科学总是要有一个循序渐进的过程的。前面十架只是为第十一架做铺垫的，是曲辕犁一号到曲辕犁十号，都是试验型号，一旦第十一号曲辕犁定型了，试验才算成功。身为科学家，就必须有保密意识，把过程记录成册，而后再把那十架全部销毁，避免泄密，这是非常正常的一个流程。

第四〇章 不容拒绝的女魔头

"如何销毁的?"长平公主的眼睛非常漂亮,即便是已经三十岁的人了,长长的眼睫毛依旧很弯、很翘,眨巴起眼睛来如同两把小刷子。

"自然是丢进炉子里烧了!"云琅大大方方地摊开手表示自己问心无愧。

"少掉的钢料呢?这个总烧不掉吧?"

"烧不掉,不过,我们为了能让钢料更加耐磨,有的添加了一些石灰,有的添加了矿料,有的还往里面添加了磨碎的瓷器……最后,都变成了废渣,只好丢掉。"

"废渣呢?"

"被卓氏捡走重新冶铁了……"

云琅总觉得长平公主是在捡芝麻丢西瓜,这么大一架曲辕犁不看,偏偏在一些枝节问题上纠缠,很没意思。他总不能说,她给的一百万钱其实只用了二十万,剩下的都被他通过霍去病换成了黄金,打算过两天送去骊山吧?

长平公主不知道为什么莞尔一笑,转身就开始仔细观察面前的这架曲辕犁。不得不承认，在云琅的指导下，这架曲辕犁充满了工业时代的流线美感，尤其是暗青色的犁头呈一个美妙的弧形，这是被云琅分成三块，最后拼装上去的。这样做的好处就是，最容易损坏的犁头可以多次更换，有效地减少了损耗，仅仅这一项发明，云琅觉得自己拿走八十万钱一点都不多。

"试验过了吗？"

"公主不在，我等不敢轻易将这东西展现于人前。"

听到云琅这样说，长平公主的脸色好了很多，她抚摸着这架制作得非常精良的曲辕犁，轻叹一口气道："如果此物真的能够为百姓节省一头牛，一百万钱也算是花得千值万值了。"

云琅点点头表示理解。在这个时代，饲养一匹马，一年的饲料价值相当于中户人家六口一年食物的价值。一家饲养一头牛的耗费也价值三口人的食物价值。在很多中户人家，牛的地位比人重要。对云琅来说，制造这样的一架耕犁，对他来说难度不大。如果不是材料太难取得，给他一群木匠，他能一天生产出一百架来，毕竟，曲辕犁是唐代的产物，工艺不可能太过精细。

阳陵邑城里就有很多的农田，这是这个时代城池的特点。一旦被大军围困，城里的人至少还有一点土地可以耕种，不至于被活活饿死。一头牛拖拽着曲辕犁在土地上前行，锋利的犁铧劈开了黄色的土地，健壮的耕牛随着农人的吆喝声前行，一道笔直的犁道出现在土地上。曲辕犁与以往的犁铧完全不同，它在翻开土地的同时还能借助犁铧上的弧面将土地翻倒在一边，相当于将原来的土地转移了近一尺的距离。别看这只是一个小小的挪动，却对农作物保墒进气杀死虫卵有极大的作用。

霍去病刚才差点被吓死，他很担心云琅扛不住将两人贪污钱财的事情招出来，因为他也拿了五万钱。虽然云琅很镇定地化解了，他心头依旧惴惴不安。直到曲辕犁展现出它强大的威力之后，他心头的不安才转变为骄傲。

长平公主顾不得自己华丽的衣裙，站在犁道里亲自比量了翻耕的深度，还赤手捏碎了一小块黄土，转过头对一个宦官模样的人道："隋越！滚过来看清楚，仔细看清楚了，这将是我大汉农耕的无双利器！"

戴着黑色高帽的宦官隋越连忙跑进地里，学着长平公主的样子，测量了翻耕的深度，又点了一炷香记录了一炷香里曲辕犁耕地的数目。好一通忙活之后他才谄媚地朝长平公主施礼道："仆，记下了。"

长平公主傲然一笑道："记下了就把这架耕犁带进皇宫，给陛下看看，我等着明年秋日听到庄稼丰收的消息。出嫁的公主，就不进皇宫了。我从未向陛下要过官职给别人，这一次，你禀报陛下，就说我要一个羽林郎的职位赏赐功臣。"

隋越大有深意地瞅瞅云琅，然后笑着躬身道："仆，一并记下了。"

霍去病得意地用肩膀撞撞云琅，小声道："看样子我们要多一个伙伴了。"

云琅严肃地瞅着霍去病道："先说清楚，我当羽林郎没问题，可是我不上战场！"

霍去病怒道："羽林羽林，为国羽翼，如林之盛，为皇帝之护卫，如何能不上阵杀敌？"

云琅也跟着怒道："我这种人百年都出不了一个，一旦上阵战死了，你不觉得可惜吗？"

"不上阵你为什么一定要我舅母为你谋一个羽林郎的职位？你以为羽林郎是什么人都能担任的吗？"

"第一，我要羽林郎的职位，纯粹是为了在上林苑要一块地研究种地！第二，曲辕犁一旦在全国得到运用，大汉一年可多收一两成的粮食，至于节省的粮食、耕牛不算在内。我立了这么大的功劳，要一个羽林郎来玩玩很过分吗？"

"你可以当文官啊，不要羞辱羽林之名。"霍去病大怒之下强忍着揍云琅一顿的心思转过身去，不再理睬他。

云琅跟霍去病的争吵长平公主看在眼里却很不在乎，在她看来那不过是小孩子耍脾气，一会就会好。眼看着隋越将曲辕犁擦拭干净装上马车，她这才朝云琅招招手，笑容和蔼可亲。

"曲辕犁的名头你担不起！"长平背着手很伟岸地瞅着远山语重心长道。

"确实如此。公主殿下只需给我一点小小的金钱上的补偿！"

对于长平夺走曲辕犁的事情，云琅一点都不生气。她说的那句话一点错都没有，以云琅目前的地位拿不到这件大功，即便是拿到了，估计下场会很惨，不如不要。

"老实说，一百万钱，你拿了多少？"

"十万！"

这时候是交心的时候，再隐瞒就会引起长平的怒火，毕竟一个上位者是不会判断错的，即便是判断错了，也是下属的错。云琅连磕巴都没打就报出一个小得多的数字——如果说八十万，估计长平会翻脸。

长平满意地点点头笑道："跟我预料的差不多，哼，在我面前到底还是说实话了。"

"公主殿下法眼无差，云琅羞愧无地。"

"好了，曲辕犁不错，那十万钱就算是赏赐给你的，去了你的贼名。小小年纪正是为国建功之时，却偏偏喜欢财货，真是让人恨之入骨。"

"没办法，从小穷怕了，见到钱财就习惯往怀里揣，拉都拉不住。"

"男子汉大丈夫只要建功立业了，区区钱财不过是粪土一般的东西。要把眼光放长远，不要计较目前的得失。你年纪幼小，将来的路还长，不要被一点财物遮住了你的眼睛。"

云琅躬身道："谨受教！"

长平公主叹口气道："我自从出了皇宫，就不愿再进去。为了你这个孽障，又开口求人，也不知道是好事还是坏事！"

云琅无辜地眨巴一下眼睛，他目前得到的一切应该是自己拿曲辕犁换来的，怎么到了长平的嘴里就变成了恩赐？霍去病极为隐蔽地轻轻一脚踹在云琅的腿弯上，云琅双膝一软，扑通一声就跪在地上。

长平极为忧郁道："这一拜本公主受了，从今往后，你也算是我大将军府的人了。"说着话慈爱地抚摸了云琅的脸继续道，"可怜的少年失去双亲，又被族人贬斥，也不知道吃了多少苦楚。好在以后不用了，大将军府就是你的家。尔今后当与去病儿、伉儿、不疑、登儿相互扶持，相亲相爱，为我大将军府增添荣光。"

云琅觉得脑子很乱，先是莫名其妙地有了一个家，然后又莫名其妙地多了四个兄弟，再然后自己要为大将军府增光添彩。一瞬间，他缺的东西好像全齐活儿了，剩下的只有磕头这一条路好走了。成为羽林郎对他拿到始皇陵那块地很重要，跟霍去病当兄弟好像也没有什么坏处，至于另外三个人他还不认识，卫青的三个儿子似乎没有什么本事，应该不难对付。这时候如果磕头能把这些拿到，万事大吉。如果拒绝，后果无法想象。云琅愉快地认真磕头，露出一嘴的大白牙，笑得很傻，完全是一副我很喜欢，我很惊喜的模样。

长平公主嫌弃地挥挥衣袖，对云琅跟霍去病道："去玩耍吧，今天准你们晚归！"

第四一章 不能跟古人比

"真不知道我舅母看中你什么了,居然会把你当子侄对待,对我都没有这么好过。"霍去病跨坐在窗户上,两条腿不断地晃啊晃的,如同吊死鬼随风飘荡的腿。云琅躺在软榻上,接受丑庸殷勤的按摩,随手指指左腿示意丑庸换一条,不要老是按右腿。

"我也不知道啊,或许是我的长相比较出众?"

"你贪生怕死,你阴险狡诈,你还满嘴谎话,你还卑鄙无耻地贪污钱,这样的人在长安一般都会被五马分尸,偏偏你活得好好的,现在还比大部分的人活得好。真是没天理啊!"霍去病将脑袋靠在墙上无力地又道,"我军中有很多的好兄弟,他们都是孤儿,个个都是铁骨铮铮的汉子,每日里没完没了地骑射训练,哪怕被羽林郎用棒子抽也一声不吭。论骑射,他们比你强一万倍。论胆气,他们也比你强一万倍。他们每日里日思夜想的就是能够成为一个羽林郎。可是啊,你成为羽林郎的速度却比他们任何一个人都快。"

丑庸跟云琅、霍去病混熟了,很不服气地帮自家主人分辩道:"我家小郎也很辛苦啊，这些天没日没夜地在绢帛上画图形，还要盯着木匠打造农具，有时候半夜都要爬起来去看铁匠们有没有偷懒。你看，你看，小郎的胳膊都晒黑了。"

云琅欣慰地拍拍丑庸的胖手，他真的觉得自己最近过得很辛苦。霍去病把他这样的人跟羽林里面那些玩命打熬力气的家伙放在一起比，其实云琅跟他们本身就没有什么可比性。

"劳心者治人，劳力者治于人，这本身就是一个颠扑不破的道理。去病，你以后也要向劳心者的方向前进，我很怕你到时候练得连脑袋里都是硬邦邦的肌肉。那样的话，你还想封侯？做梦去吧。"

霍去病点点头道："我说这些话的目的就是想要说服我自己去看一些兵书。我以前只要拿起兵书就头痛，看样子还是要坚持看下去啊。"

云琅笑道："看不进去书就不要死看。有些人呢，看书能长进；有些人呢，看书只会越看越糊涂；还有些人呢，天生就不用看书，他们是上天的宠儿，天生就知道自己该怎么做。希望你能分清楚自己是哪一种人。"

霍去病笑着朝云琅拱手道："羽林霍去病见过郎将。"

云琅抬抬手道："免礼，下次先从窗户上下来，两条腿并齐，正过衣冠再行礼不迟。"

霍去病笑道："郎将说得极是，标下这就依律行事。"说着两条长腿往回一收，踩在窗棂上腰间发力，张开双臂，老鹰扑食一般就朝云琅飞过来。早就有准备的云琅翻身下了床榻，随后就把茶壶丢在床榻上。霍去病一声惨叫，砰的一声扑在床榻上，又触电一般地跳起来，捂着胯下嗷嗷呼痛。云琅惋惜地看着被弄碎的瓦壶，觉得这东西一点都不好，喝起茶来一股子土腥味，还非常容易被弄碎。

"我霍家就我一根独苗……"

"你如果再算计我几次，你霍家就真的只剩下你这一棵独苗了。"

"我心里很不痛快！"

"我知道啊，像我这种人进了羽林，该是羽林的大不幸。"

"你不能不进吗？"

"不能。我还准备加紧再弄点功劳，好跟陛下要骊山底下的那块地。明年开春还要种谷子，农时不等人，哪有工夫磨磨叽叽？"

"你进羽林纯粹就是为了要地？换一块成不成？我舅舅家有很多地。"

"你知道个屁啊，你舅舅家的地全是熟地，看起来不错，实际上一塌糊涂。知不知道啊？种地也需要大学问。你看看骊山那块地，背山面水，阳光普照，山间又有无数溪流可供我圈成水库，只需连上水渠就是上好的水田。再来一把大火烧山，烧山的灰烬立刻就能肥地，不用怎么耕作，就能有三年的好收成。再说了，在皇家园林里面盖一座庄园，没事干就去山中狩猎，空闲时在山涧钓鱼，没劳力了就请猎夫去帮我在园子里抓野人，你觉得这日子过得有滋味不？"

"你就想种地？"霍去病的两只眼珠子快要掉出来了，"成为羽林郎后你竟然要种地？"

云琅弄干净了床榻上的碎陶片，重新选了一个舒适的位置躺了下去，打着哈欠道："谁告诉你羽林郎就不能种地了？谁告诉你种地的天生就比人矮一头了？没了种地的，你们吃什么？饿不死你们！"

霍去病喟叹一声道："我是为你好，羽林中郎将公孙敖那一关你不好过。只要是羽林中人，即便是伙夫、马夫，也避免不了练习阵法，知晓军中避讳，一日都不得闲，稍有忤逆，就军法从事，轻则军棍，重则斩首，从不宽贷。你散漫惯了，如何能够受得了约束？"

云琅大笑道："说到底，你就是不希望我进羽林是吧？"

霍去病认真道："你会成为羽林之耻的，知道不？你有一种莫名其妙的能力，那就是把人带坏。我不敢想军中那些直爽的汉子遇到你会是一个什么结果！我以前什么东西都能吃，自从跟你吃了几顿饭之后，家里的饭菜已经无法下咽，军中的看来更不用想了。以前我决计干不出贪污这种事，现在居然贪污家里的……"

"好吧，好吧，我进羽林之后，别人不问话，我绝对不主动跟别人说话，成不成？"

霍去病松了一口气，点点头道："这还差不多，不过啊，你如果敢反悔，明年清明之时，我会先揍翻你兄弟，再揍你！"

"哈哈哈哈，先打败我兄弟再说吧。去病啊，天色不早了，你是不是该回家了？"

霍去病悻悻道："知道惹你厌烦了，现在就走！"

云琅对霍去病有自知之明很是欣慰，随口问道："明日还来？"

"当然！"话音刚落，霍去病再一次消失在窗户外面。

"可能这就是他能成为名将的原因吧。"云琅自言自语。

但凡名将，似乎对军队的纯洁性都有很高的要求，越是一根筋的人就越是符合他们对合格战士的要求。就像吴起喜欢用目不识丁的农夫，李靖喜欢野蛮的山人，戚继光从来不在城市招兵，都是一个道理。想想也是，面对明晃晃的刀枪、奔腾咆哮的战马、飞蝗一般的箭雨、流星一般乱飞的石头、面容扭曲狰狞的敌人，只有服从性极好的人才会义无反顾地向前冲锋。聪明人一般都会避开这种场面的，比如云琅就是这样的人。只可惜真正的英雄只可能从前一种人群里出现，他们经历过聪明人做梦都想不到的事情，做过聪明人想都不敢想的事情，千锤百炼之后，只要活下来，都成了极为了不起的人。

霍去病就是一个标准的军人，和云琅相比他要一丝不苟得多，也古板得多，假如不是遇到云琅引起了他少年人的好奇之心，打死他都干不出贪污这种事情。他的心里还是很清楚什么是对的，什么是错的，云琅跟他做朋友这没问题，事实上云琅也是他最有意思的一个朋友。云琅想要成为他的战友兄弟，他的潜意识告诉他，这非常不靠谱。

云琅当然知道自己是什么人。一个连武艺都练不好，却能对逃跑这种事另辟蹊径的人，上了战场唯一的优点就是能比别人跑得快些，还是向后跑。当羽林郎可以，主要是好处太多，这是把始皇陵占的那块地弄成自家庄园的最好途径。上战场当军官就算了，云琅能想得到，自己麾下的军队一定会成为羽林中最能跑、最不能战斗的那一部分。毕竟，一个喜欢逃跑的军官，手底下总会有一群喜欢逃跑的属下，只要到了军中，云琅一定会跟磁铁一样把所有胆小儒弱或者还有其他毛病的人吸引到他的麾下。不上战场！这是云琅给自己制定的最后底线，哪怕丢官丢人也不上战场。他觉得自己一介后世人，跑来汉朝为皇帝卖命，实在是一件无法理解的事情。没有做到反汉复秦，已经是他对这个皇帝、这个时代施与的最大的善意跟敬意了。

这么一想，云琅马上就高兴起来，自我安慰的力量是如此强大。没事干就琢磨点吃的，他搓着手在屋子里来回转悠，眼看天色就要黑了，还没有想好今天晚饭的菜单，这才是迫在眉睫的事情。

第四二二章 万事就怕认真

"我家小郎要做官了！"云琅刚刚起床，就听见丑庸倚靠着门框朝外面几个丫鬟高声道。

云琅会心一笑，这确实是一件让人欢喜的事情，既然是欢喜的事情，丑庸大声宣扬也没什么错。人生在世，能让自己有欢喜感觉的事情不多，升官发财自然算。至少，这是一种能力得到肯定的标志。世上值得快乐的事情远比值得悲伤的事情少，能多快活一点就多快活一点。云琅发现自己好像有了很大的变化，以前尽务实了，吃饭都捞干的吃，现在不一样了，居然关心起人们的精神生活了。天使没来，官服没穿上，印绶没有，自然不好自吹自擂，等这件事情落实了，云琅打算大肆操办一下，让大家一起乐个够。

今天是个好天气，事实上大汉的天空只要没有阴云都是湛蓝湛蓝的。刘彻没工夫理睬云琅那个芝麻大的一个小官，他正亲自扶着犁头在皇宫里耕作呢。很小的时候他就跟随父亲练习过耕作。皇子皇孙要么是膏粱子弟，要么就是人里面的尖子。为了讨好重视农耕的父亲，刘彻可是在耕作上下过苦功的。仅仅看笔直的犁沟,就知道他绝对是一个干活的好把式。

二十八岁的刘彻已经登基十二年了,正是野心勃勃的好年纪。仅仅从今年颁布的年号元朔,就能看出这个昔日的少年皇帝已经不满意大汉国暮气沉沉的状态,准备有所作为了。皇帝在后面扶犁,大将军卫青干回了马夫的老本行,在前面牵着牛。不大工夫,一整块地就已经犁完,泛黄的土块暴露在阳光之下,散发着泥土特有的腥味。刘彻放下耕犁,解开挂在襻臂上的衣袖,径自走上田垄,坐在一张软榻上,立刻就有宫人将备好的温汤端过来,将皇帝的脚放进水盆细心地擦洗。

卫青牵着牛扛着耕犁也上了田垄,自有宫人牵走了牛,卫青自己扛着耕犁来到刘彻身边,轻轻地把耕犁放下,对正在喝蜜水的刘彻道:"仆检视过了,犁头并未有损坏或者缺损之处。"

刘彻回头看看那块被翻耕过的土地道:"确实是好东西,长平这一百万钱花得值。诏,长平献'元朔犁'有功,赐,黄金十镒、蜀锦一千匹、珍珠一斗、白璧两双。荣,仪马一双、屏山一对。"

手捧简牍侍立一侧的尚书郎魏荀立即执笔记述,片刻而成,然后拿给皇帝过目。刘彻扫了一眼就挥手示意存档。卫青从头到尾都笑眯眯的,既没有太激动,也没有什么失望之色,静静地看着皇帝拟诏。

"是不是很失望?"刘彻看了一眼卫青问道。

卫青躬身道:"本就无所求,何来的失望?"

刘彻哈哈大笑道:"仲卿这句话说得好,一点散碎钱财就夺了造福农桑的大功,放在别人身上自然是不妥的,放在卫仲卿身上朕觉得很合适,你想要的只能用战功来获得。去岁你走了一遭龙城,果敢冷静。深入险境,直捣匈奴祭天圣地龙城,首虏七百人,虽然取得胜利,然,另外三路,两路失败,一路无功而还,朕深以为耻。"

卫青俯首道:"主辱臣死,秋日后,请给臣三万铁骑,臣将出雁门,再探探匈奴右谷蠡王虚实。"

刘彻笑道："这不是早就商量好的吗？"

说完话，等宫人给他穿上鞋子，刘彻朝卫青挥挥手就径直去了大殿。卫青低头惋惜地看了一眼曲辕犁，在宦官的陪同下出了皇宫。临出门的时候，宦官隋越恭候在门口，笑眯眯地将一枚小巧的青铜印绶，以及一个木箱子献给了卫青："这是长平公主要的，陛下已经准了。"卫青哂然，命仆从捧上，就上了战马一路慢跑回家。

回到家，长平已经在欣赏满屋子的赏赐，甚至取出一匹宝蓝色的蜀锦放在刚刚进来的卫青身上比画一下道："不错的蜀锦。"

卫青看着长平学着刘彻的样子问道："不觉得失望吗？"长平笑道："得来的容易，自然不会失望，夫郎也不需要战功之外的任何功劳。"

卫青摇摇头道："功劳倒在其次，而是这曲辕犁，不，现在叫作元朔犁，不该这样就被埋没了。陛下今日试用之后还说是一个好东西，却不知为何会如此冷淡地对待。在我看来，制造此物的功劳不比为夫探龙城的功劳差。探龙城，为夫进爵关内侯，云琅制造元朔犁，却只得了一个小小的羽林郎。"

长平看着自己的丈夫笑道："十二三岁的孩子，要那么高的官爵做什么？夫郎也宦海沉浮这么些年了，难道还不知道官爵必须与实力相匹配的道理吗？没有足够的实力，却身居高位，这不是在赏赐他，而是在戕害他。羽林郎多好啊，就在陛下的眼皮子底下。云琅虽然怪心思多些，终究年幼，只要在公孙敖的麾下磨炼几年，长大之后，陛下自然会记得他的功劳。毕竟元朔犁是要颁行天下的，这可不是一年两年能做到的。等到元朔犁的效用真正发挥出来了，那时候再另行封赏，就没有现在这些麻烦了。"

卫青笑道："去病儿昨夜找我，说云琅不适合羽林。"

长平大笑道："就因为那是一个刁滑的小子，我才特意让他进了羽林，换了别的地方，天知道他会闯出什么祸患来。夫郎可知道这次制造元朔犁，他从中获得了多少好处？"

卫青皱眉道："全部给他我也觉得少，怎么总是在几个钱上纠缠不休？"长平笑道："这可不一样，少年做贼跟成年做贼是两回事。我更恨这个刁滑的小子居然把我也装进去了，明明贪污了不下三十万钱，偏偏告诉我贪污了十万钱……不对，可能还要多，夫郎自便，容我再去细细追查一番。"

卫青目瞪口呆地瞅着老婆小步快跑离开的背影讷讷道："至于吗？"

"怎么就不至于了？！去岁四路大军偷袭龙城，知道为什么就我舅舅一路人马成功了吗？"

"为什么？"

"只有我舅舅没有在荒原上迷路。知道不？我舅舅白日看太阳，夜晚观星就能认路。"

"就这？"

"这还不够厉害？"

"这本事我也有，可能比你舅舅还要强一点。"

"撒谎！"霍去病一张脸变得通红，他无法忍受云琅小看他的亲人偶像。

"你别急啊，对了，司南这东西你知道？"

"知道，太常属下的太史令在长安北府有一座观星台，观星台上就有一块青铜盘，盘子上有一柄乌勺叫作司南，我去年还玩弄过。很好玩啊，无论怎么转动勺子，勺柄都指向南方……你滚开，我再也不要见你了。"

正在给两人烹茶的丑庸吓坏了，她非常不理解刚刚还谈笑言欢的霍去病，下一刻就爆发了，一把捏碎了小陶杯，即便被碎陶片割破了手也不在乎，一脚踹开窗户就跑了。

丑庸小心地看看云琅，只见云琅对她叹口气道："他不是在生我们的气，而是在生自己的气。"

"为什么啊？"

"可能觉得自己太笨了。好了，把炉子里的松果取出来，我一个人喝不了那么多的茶水，自己家的东西一定要省着点。再把梁翁喊过来，让他修理一下窗户。"丑庸是个听话的姑娘，冲着云琅憨憨地一笑，立刻就把一颗充当燃料的大松果夹出来，浇上水然后拿到窗台上晾晒。霍去病一走，云琅就有些孤独，主要是平叟、卓姬他们两人不知道在忙什么，已经七八天不见人。云琅等了很久的羽林官身还没有下来，没有羽林官身，就没办法带着大量的东西回骊山。也不知道长平是怎么搞的，一件小事情到现在还办不好。

傍晚的时候，卓氏铁器作坊似乎变得很热闹。正在看简牍的云琅终于忍不住丢下手里的简牍，走出房门，一眼就看见卓姬那辆挂着风铃走起路来叮咚作响的马车。平叟从后面一辆马车上跳下来，身手矫健得不像是一个老人："把后面的钱箱全部搬下来，十六个，一个不能少，卓蒙，你的腿瘸了，心没瘸吧？仔细数着，少一箱小心老夫剥了你的皮。"

云琅把身子靠在门框上，往嘴里丢了一颗炒黄豆嚼得嘎吱作响。卓姬看到云琅没好气地给了他一个大大的白眼转身就走，招呼都懒得打。在她身边还有一个戴着花头巾的白面男子，潇洒地走在卓姬身边，看到云琅靠在门框上的无赖模样，居然皱起了眉头。不过，他还是有些风度的，并未说什么难听的话。

倒是平叟很有人情味，从云琅手里拿走一点炒黄豆指挥着仆人们费力地从马车上抬木头箱子："五百万钱！"

"有我的份没有？"

"没有！"

"为何？我还是铁器作坊的大管事好不好？"

"你小心了，偷钱的事情主人家知道了。"

"这不可能！"

"怎么不可能，长平公主找了四十个账房，用算筹算了八天，发现你从柜上偷钱了，就是还不明白你是怎么偷走的。虽然不至于送官，你还是自求多福吧，哈哈哈哈哈……"